FU YI QIU

QIAN
YE
YI
YE

■

桑珩 / 著

北京燕山出版社
BEIJING YANSHAN PRESS

图书在版编目（CIP）数据

千夜一夜 / 桑玠著. -- 北京 ： 北京燕山出版社，
2021.9

ISBN 978-7-5402-6159-7

Ⅰ．①千… Ⅱ．①桑… Ⅲ．①短篇小说－小说集－中
国－当代 Ⅳ．①I247.7

中国版本图书馆CIP数据核字(2021)第168633号

千夜一夜

著　　者：桑　玠

责任编辑：邓　京　郭　扬

出版发行：北京燕山出版社有限公司

社　　址：北京市丰台区东铁匠营苇子坑138号

邮　　码：100079

电话传真：86-10-65240430（总编室）

印　　刷：嘉业印刷（天津）有限公司

成品尺寸：880毫米×1250毫米 1/32

字　　数：120千字

印　　张：7

版　　次：2021年9月第1版

印　　次：2021年9月第1次印刷

ISBN：978-7-5402-6159-7

定　　价：39.80元

目录
contents

一千零一个夜晚，

一千零一个故事。

你带我看了那一夜的极光，

我却记住了千夜里你眼中的星光。

我想爱你，

一千零一个夜晚也不能停。

第一夜

《向着声音的方向》

喜欢的话就坚持吧，无论是你的热爱，还是爱情。

"那么，今天就是你们在这所高中的最后一天了。"

高三A班的教室里，班主任笑眯眯地看着全班学生："再仔细看看身边的同学，看看这间教室，别的废话我就不多说了，在大学里好好学习，好好谈场恋爱，然后，有空常回母校看看。"

拼搏了一整个高三终于解放，马上就要迎来人生中最轻松的一个暑假的全体学生听到班主任这话后，全都开心得欢呼了起来。

"啊，我要和大帅哥谈场恋爱，要最帅最会撩妹的那种！"

"话说，我们申请的都是C大对吧？到时候不知道会不会被分在一个寝室？"

"哈？我们申请的是不同专业，分不到一个寝室的啦……"

坐在教室最靠角落的芮珊听着身边各种各样兴奋的对话，平静地低着头，自顾自地整理自己的毕业证书和其他文件。

"酸酸。"

过了一会，一个熟悉的嗓音出现在她的耳边，她抬起头，看向正趴在她课桌上笑眯眯地望着自己的徐橙："你等会放学来我家吗？"

"啊，来的。"芮珊点点头，"不过……"

"不过你得先去练舞，对吧？"徐橙歪了歪脑袋，"话说你这次的新舞准备啥时候发来着？下周六？"

"橙子。"徐橙一向大大咧咧的，芮珊怕她嗓门太大让人给听见，赶紧把她整个人拽过来一些："你倒是小点声啊。"

"就算听到了别人也不知道咱们俩在说啥啊……"徐橙窃笑着默默地拿起自己的书包，"这位看上去一点儿力气都没有的小矮子……我先撤了，等会见！"

"等会见。"芮珊忍着笑目送徐橙离开教室，也拿起了自己的背包。

走出教室，和老师道了别，她慢吞吞地往学校外走去。

离学校不远的地方，有一个练舞室，三年来她每天放学、周末或者放假的时候，一直都是在这个练舞室里练舞的。

熟门熟路地进了空荡荡的练舞室，放下背包，摘下眼镜，她扎起头发。

打开手机的音乐器播放列表，选定一首歌，她按了播放键，将手机放到地板上。

偌大舞蹈室的落地镜里，此时映衬着一个留着黑长发的小个子女生舞蹈时的模样。

摆动、旋转、撑地……每一个动作都充满了爆发力，与刚刚没有开始跳舞前的沉默安静截然不同，甚至比男孩子做出这些动作都更具有力度。

这算是一个她不为人知的秘密。

实际上，在学校里看上去留着齐刘海、戴着厚重镜片的框架眼镜、沉默寡言、个子矮小丝毫不起眼的她，在没有人看到的另一面，是一个活力四射、个性鲜明、顽皮得像男孩子一样的人。

更是如今国内最大的年轻人潮流文化娱乐社区Tapy站的当红舞见"酸奶冰"。

跳舞时标志性的口罩，舞蹈的极具张力，让她仅仅在发布了三个个人舞蹈视频后就立即爆红Tapy站的舞蹈区。

舞见，就是以二次元流行音乐为背景音乐，自己编排舞蹈动作并录制舞蹈视频，做完后期再发布到网站的舞者。

这也是二次元文化愈来愈盛行的其中一个元素。

一支完整的舞蹈跳完，芮珊拿起水杯咕咚咕咚快速喝了两口。

晚上还得去徐橙家吃饭，她今天准备高效率地练一个小时就离开。

"不错啊。"

就在她刚刚放下水杯的时候，她忽然听到身后传来了一道慵懒的男声。

回过头，她发现不知道从什么时候开始，一个身材高瘦的男孩子居然悄悄地进了舞房，他抱着自己的手臂、背靠着门，应该是已经看她跳完了整支舞蹈。

芮珊有些懵，此时站在原地，木然地看着对方。

那是个身材十分高瘦的男孩子，看那身高最起码得有一米九，他身上穿着薄薄的白色短袖和破洞牛仔裤，耳朵上戴着两个黑色的耳钉，他的五官长得非常精致，皮肤也很白皙。

完全是一副电影里叛逆美少年的模样。

"傻了吗？"那男孩子见她傻愣着不说话，朝前一步，"我说，你舞跳得不错。"

她张了张嘴："谢谢。"

"你是A中的？"男孩子说。

"嗯。"

"高二？"

"高三。"

"那今天毕业了啊？"男孩子摸了摸自己的下巴，"你个子太矮了，一开始没看到你的校服我还以为你是个初中生。"

芮珊从小就被人攻击身高，要说应该是早就已经麻木了，但是被一个完全不认识的陌生人一上来就劈头盖脸地拿身高说事她也是完全没有预料到。

不准备再继续回这句话，她此时再次拿起手机，开始播放下一首舞蹈的歌曲。

"你考进了哪个大学？"

音乐前奏声响起，谁知道，对方居然又抛了一个问题给她。

她虽然不怎么想搭理他，但是她潜意识里总感觉这个男孩子不是什么坏人，最后还是勉为其难回答了一下："P大。"

他的眼睛精光一闪，没有再说话。

等她跟着音乐，跳完了第二首，她看到镜子里的人依然没有离开。

第三首，第四首。

看了看时间，一个小时过去了，她发现那个男孩子居然还在。

"我准备走了。"她用毛巾擦了擦汗，说："你是要用这个练舞室吗？"

"当然不是。"

男孩子摇了摇头，此时抬手看了看自己的手表："我也得走了。"

午后的阳光中，男孩子转身离开，低低地笑了一声。

"期待再会。"

周六。

芮珊下午和徐橙出去看了个电影，然后掐着点回到家里，随便扒了两口饭，便早早地上了楼。

今晚要在Tapy站发她练了整整一个月的新舞《四季雨》，按照她的习惯，每次发舞她一般都是八点左右po到微博上。

上了QQ，负责帮她压制舞蹈视频的压制君AMO今天一大早就已经把最终成品的视频离线给到她，她下载下来后，上了Tapy的网页，开始上传视频、同时编辑视频下方显示的简介文字。

她不太爱写长篇大论的简介，还是老样子的风格，写上感谢拍摄、后期、压制等默默帮助她的老朋友们，想了想，最后再加上一句"舞蹈还有诸多不足，敬请多多包涵。"

说她这个人天生对自己没什么自信也没错，哪怕现在用"酸奶冰"这个名字在Tapy发舞才半年多就已经得到了那么多人的追捧，她依然还是觉得有些底气不足。

深深呼吸了一口气，她点了发布视频。

Tapy审核视频的速度时常抽风，忽快忽慢，有时几秒就过，有时却要等上几个小时。

下楼倒了一杯水上来，她意外地发现视频居然已经通过审核了。

将舞蹈视频的链接贴上微博，芮珊坐在电脑前，一手托着自己的下巴，轻轻按了"发送"键。

瞬间，微博评论和转发立即从通知框里跳了出来。

与此同时，Tapy站上，弹幕横幅早就已经铺满了整个屏幕，密密麻麻又争先恐后地从屏幕上滑了过去。

"前排占座！！失踪人口强势回归！"

"打卡打卡！！强势围观我酸！！"

"情敌们别和我抢！我酸又帅得飞起了啊啊啊！"

"妈妈我恋爱了！！"

芮珊一边看弹幕，一边弯着嘴唇不停地笑，每次辛辛苦苦地练完舞、又忐忑地发完舞后，只要看到这些搞笑又暖心的弹幕评论，她都会觉得练舞时的那些汗没有白流，紧张和担心也没有白费。

在这个世界上，有很多时候，别人的一句肯定，哪怕是无心的，都可以让一个人继续咬着牙努力坚持下去。

看了一会弹幕，她伸了个懒腰，关上电脑屏幕，躺到床上去看漫画。

大概过了五分钟左右，她听到床头的手机忽然震了起来。

是几条微信消息。

打开微信，她发现后期小伙伴芒果正在对她进行狂轰滥炸。

芒果：酸，你快上微博，大事不好了！

芒果：快，你快看转发！

芮珊对她的一惊一乍颇为无奈，只能转手打开微博。

两秒后，她也惊呆了。

她十分钟前才刚发的视频，现在的转发量居然已经是两千了。

什么情况？

根据以往的经验，她的前几支舞蹈，一般最终的微博转发量基本会稳定在1500左右，但也从来没出现过视频刚发送就能有2000转发量的程度。

根据芒果的提示，她点开了转发界面。

她看到位列转发热门第一的，是一个她从来都没有见过的陌生名字，她也不认识这个人。

Equator

这个名字在三分钟前转发了她的微博，转发时没有任何注解，但是，却在三分钟内，为她带来了整整1500的转发量。

芮珊的额头上，有一滴汗慢慢地滑落了下来。

她点进了那个人的微博。

这个人是个男的。

他有一百多万粉丝。

他的个人简介是空的，没有任何内容。

他的微博也很少，估计加起来只有十几条，发的话也是言之寥寥，但下面的评论都是几千上万的。

芮珊一头雾水地退出微博，她打开微信。

酸奶冰：Equator是谁啊？

芒果几乎是秒回了一串省略号。

芒果：你是不是傻！

酸奶冰：？

芒果：你连"赤道"是谁都不认识？

酸奶冰：谁啊？

下一秒，芒果直接打了一个语音电话过来。

芮珊刚接起语音，就听到芒果歇斯底里的叫声："你居然不知道'赤道'是谁？你逗我呢吧？"

"谁？"她拿着手机，茫然地问，"难道他也是跳舞的吗？男舞见？"

芒果顿了两秒，心力交瘁："这位大妹子，我都要给你跪下了，你真的是从来都不关注二次元其他圈的人吗？"

"啊，"她点点头，"'舞见'圈的人我都没认识几个，你还指望我去认识其他圈子的人？"

芒果深深地呼吸了一口气："那么，我给你科普一下，刚刚转发你微博的那位大兄弟，是翻唱圈目前最当红的男歌手……"

芮珊思考了两秒，"噢"了一声："然后呢？"

芒果再次被噎住："他转发你微博了你难道一点都不惊讶吗？"

"为啥要惊讶？"

虽然她是挺奇怪的，她压根不认识这个人，也不知道为什么这人要突然转发她的舞蹈。

"因为……"芒果急得上气不接下气，"因为他是个超级神秘的大红人啊，他入翻唱圈一年，才发了几首歌而已就红得发紫了，而且他除了微博和发歌的平台，就没再在微博上透露过自己的任何个人信息。"

"他连翻唱圈的人都不怎么搭理，现在居然莫名其妙转发了一个'舞见'的舞蹈，你不觉得这事儿实在是太具有话题性了吗？"

芮珊想了半天："我觉得他大概是手滑点错了？"

芒果扶额："算了，我这是在对牛弹琴。"

她趴在床上，觉得有点困，揉了揉眼睛："转就转吧，和我其实没啥太大关系……"

"你对他就一点兴趣都没有？你就一点都不想知道他为什么会转你的微博？你能不能有一点身为当事人的自觉？"

"我还是觉得是他手滑了，说不定他过会儿就删了。"

通话到此，终于在芒果的吐血声中宣告结束，芮珊翻了个身，将手机扔到床头柜上，舒舒服服地滚进了被窝里。

大夏天的，她感觉真没有比开着冷气，在被窝里睡觉更愉快的事情了。

莫名其妙的转发事件，转眼间就被她抛之脑后。

天气越来越炎热，白天她不是在家睡觉，就是和徐橙他们出去K歌玩桌游打台球吃饭，晚上回到家，除了练舞，就是躺在床上看漫画听歌，这生活充实得让她连刷微博的时间都没有。

就这样，很快，一个半月一晃眼就过去了。眼看后天就是大学开学前的大一新生军训，吃过晚饭，她看着床边打开着的行李箱，企图装死。

"行李整理好了没？"芮母这时走到门口问她，"明天一早就得出发去学校，别再赖在床上了。"

"老妈，"芮珊翻了个身，"我能不去军训吗？"

"别跟我瞎扯，"芮母走进来，用大拇指弹了弹她的额头，"有本事去和你们校长说去。"

她揉了揉额头，抱住芮母的大腿："您可真是我的亲妈。"

"还不快起来整理行李。"

"我去学校了你会想我吗？"她眨了眨眼睛。

芮母淡定地把她从自己腿上拨开："赶紧地走，我就不用养一只米虫了。"

等芮母走后，芮珊从床上滚下来，边打着哈欠边开始收拾要带去学校军训的行李。

她爸妈是在她三岁的时候离的婚，在那之后，芮母采取散养模式一个人把她拉扯大，任何事情能够让她独立去完成的芮母绝不插手，因此，造就了她现在这样毛毛躁躁像男孩子似的刚强性格。

按照学校提供的清单列表把东西都塞进箱子里了之后，她合上箱子，擦了擦额头上的汗。

明天就要进入一个全新的环境，虽然说她一直听人说大学就是养老院，和高中紧张的节奏截然不同，但是，对于面对陌生的新环境和新的人群，她多少还是有那么一点忐忑的。

不知道会遇到什么样的室友和同学？

也不知道自己的个子会不会一开始就被别人当做笑柄来嘲笑？

思索片刻，她跳起来，拍了拍自己的脑袋，去楼下刷牙。

算了，想破脑袋也没有用，既来之，则安之。

所以说，有的时候啊，人的命运就是这样的，一门心思冲着你来的，你真的是怎么躲也躲不掉。

　　第二天，芮母送她去学校报道。

　　因为她起得早，所以到得也早，等她一个人把箱子哼哧哼哧从一楼搬到四楼寝室的时候，她发现她居然是寝室里到的最早的一个。

　　将箱子里的东西整理出来后，她立刻拿出抹布开始擦窗户擦床板，没过一会，她收到了一条由辅导员群发的消息。

　　消息大意是说欢迎大家来参加军训，军训的集合时间以及注意事项，最后顺便给了自己的联系方式和她所在班级的导生的联系方式，并说导生过一会就会陆续去他们每个人的寝室和他们见面。

　　芮珊之前就听徐橙说过，导生一般都是由所在本专业上一届或者上两届的学长学姐来担任，这些学长学姐会陪同大一新生度过为期一周的军训，顺便带他们熟悉校园环境，解答他们对学校以及今后大学生活的疑惑，分享给他们自己大学生活的经验。

　　打扫完卫生，她跑下楼去买了一瓶水，等回到寝室楼的时候，她发现她所在的寝室楼楼底不知道为什么突然围了很多人。

　　"学长，你的寝室楼在几号？"

　　"学长，你叫什么名字，我们加一下微信好不好？"

　　她视力不好，只能看到眼前一大群女生正围着一个身高很高的男生神情激动地在说着什么，而那个被围的男生因为背对着她站，她根本看不到他的脸。

　　对这种事情一向是敬而远之的芮珊，本能地马上就绕道走。

　　"芮珊。"

　　可等她刚走到楼梯口的时候，她忽然听到有人叫了她的名字。

　　她脚步一顿，回过头。

　　只见那个刚刚还被女生团团围在中间的男孩子，此时居然穿过了人群，举步慢慢朝她走来。

　　一瞬间，所有人的视线都像针扎一样集中在她的脸上，整个一楼的空气都凝固了。

芮珊浑身僵硬地站在原地，惊恐地看着那个男孩子走到自己的面前。

"我是你所在班级的导生。"对方长得很好，但是身上却自带着一股跋扈的气息，没等她说话，他又说，"去你寝室聊聊。"

芮珊有一瞬间真的很想从这凭空消失。

这才是她踏入大学校园的第一天和第一个小时，眼前这个人就在寝室楼里让她体会到了什么叫做"来自四面八方的杀气"。

她和这个自称是她所在班级导生的人，在诡异的空气中目光交汇了足足有十秒。

十秒后，她什么话都没有说，转过身，朝楼梯上走去。

很快，她听到了身后跟随着她的均匀的脚步声。

等走进她的寝室，她将矿泉水瓶放在桌子上，立刻转过身看向那个跟进来的人。

"有水吗？"他刚刚被楼下那群女生围得早就开始不耐烦，皱着眉问。

芮珊环顾了四周一圈，目光落在了自己放在桌上刚刚从楼下买回来的、她喝了两口的水。

他也看到了。

然后，在她诡异的凝视中，他居然面不改色地走到她面前，自然地打开她喝过的水瓶，仰头就咕咚咕咚地喝了下去。

她抚了抚额头，觉得自己的头疼得有点厉害。

喝了半瓶水，他随手将水瓶扔回桌子上，在她的椅子上坐下，解开自己衬衣的两颗纽扣，一边扇风，一边不耐烦地说："你还没认出来我是谁？"

"啊？"

那人看她几秒："你是不是眼神不太好？"

芮珊没听出来他这是在讥讽她，还老老实实地回答："是啊，我近视600度。"

"……"

他烦躁地抓了抓自己的头发，然后将自己的鬓发撩开，再把自己头顶的头发往上拱了拱："现在认出来了吗？"

她摇了摇头。

"你个子太矮了，我第一眼还以为你是个初中生。"他说。

芮珊看着他的脸思索了一会，记忆终于慢慢浮现在了脑海里。

这个人居然是她在高中毕业的那天，在练舞房里遇到的那个戴着耳钉、穿着破洞牛仔裤的叛逆美少年！

"我想起来了，"她挑了挑眉，"你是那个小流氓。"

坐在椅子上的人听到她后面那三个字，漂亮的双眼慢慢地眯了起来。

沉默片刻，他从椅子上起身，走到她的面前，伸出双臂，撑在她的身体两侧，居高临下地俯视着她。

芮珊看着他的眼神，表面虽然不动声色，可心中还是无端地有些发紧，手心也有点出汗。

不仅仅是身高的问题，这个人浑身都充满了无形的压迫感。

"小矮子。"

用目光凌迟她半晌，他才低沉开口："进了大学，面对学长，你得明白什么叫做尊重。"

"我叫郑雨昇。"他勾了勾嘴唇，"记住，我的名字，不叫'小流氓'。"

原来，这个人真的是她的学长。

早在那天在练舞室里听到她说考进P大的时候，他应该就已经知道她将要成为自己的学妹，怪不得他才会在离开前一脸意味深长地对她说期待再会。

而好死不死的，她居然还考进了和他同一个专业。

"我看你才应该去学学什么叫做尊重人，"在脑中盘算了一会，她也毫不畏惧，目光锐利地与他对视，"屡次调戏学妹这种事情，不怕我给你来一个昭告天下？"

郑雨昇笑了一下。

然后下一秒，他就伸出手捏住了她小小的下巴："你去试试看啊？"

"你觉得有谁会信你吗？"他勾着嘴角，慢慢地，一字一句地说，"我亲爱的酸、奶、冰。"

听到这三个字的时候，芮珊的整张脸都僵住了。

她几乎都无法做出正常的反应。

郑雨昇将她脸上那一瞬间的表情尽收眼底，此刻松开捏住她下巴的手，悠然自得地退回到椅子上坐下，露出了一副胸有成竹的表情看着她。

而她大脑一片混乱，几乎在瞬间变成了一团浆糊。

不可能啊，怎么可能呢？这个人怎么可能会知道她不为人知的一面？

她发誓，在现实生活中，只有徐橙和她身在邻市的表哥表嫂知道她的这个秘密，甚至连芮母也只是对她的业余兴趣爱好了解一个大概，根本没有到那么详尽的程度。

而且在Tapy站上发视频，她都是戴着口罩的，根本从来都没有露过正脸。

简直是见了鬼了。

就在芮珊想破脑袋都没有想明白的时候，他人已经走到了寝室门口。

"别猜了，你只需要知道，你有这么大的把柄落在我的手里就好。"只见郑雨昇用修长的手指轻轻扣上自己衬衣的纽扣。

他站在门边，姿态优雅又目光戏谑地与她道别："明天见。"

门轻轻地被他合上，芮珊脸色红绿交替地在原地僵站了一会，气得拿起桌上他喝过的水瓶，就狠狠地扔进了垃圾桶里。

这个该死的王八蛋！

高中的时候经历过魔鬼式军训还有学农，大学的军训其实相比之下就没有那么严苛了，等一天的训练结束，芮珊坐在食堂里扒了两口饭，也不觉得很累。

而一个晚上再加一个白天的时间，也让她和寝室里的另外两位小伙伴打得火热，说来每个寝室应该都是有四个学生的，可听辅导员说她们寝室有一个女生在入学前突然出国念书去了，她们寝室便空出了一个床位，所以之后就只有她们三个人住在一起。

室友A叫做祁诺，是个英姿飒爽的短发姑娘，身高有170，性格洒脱得完全就像个男生，还是个资深"腐女"；室友B叫卢希，长发披肩、眉目秀气，芮珊第一眼见到她时还以为她是那种特别文静淑女的女孩，可谁知道卢希放下行李箱，一开口居然就是一句"这床怎么那么脏！"

一聊天，她发现这两人居然都是深度二次元女，平时不仅爱看漫画和动漫、逛Tapy站，更是对二次元各大圈子如数家珍。

于是，在以光速暴露出彼此的真实属性之后，芮珊和这两个人立刻就熟络了起来，当晚还因为聊天聊得太激动连走廊里都听得到，被闻声而来的宿舍阿姨给训斥了好几句。

说实在的，她心里还是很庆幸能分到这个寝室，遇到两个这样投缘的室友，她其实并不是一个很容易交朋友的人，但是祁诺和卢希真的让她很有亲近感和安全感，如此看来，她感觉她的大学生活还是很有盼头的。

不对，如果没有某个让她头大的人存在的话……

吃完饭，离晚上的军训集会还有一些时间，她便和祁诺还有卢希在校园里四处走走闲逛。

"阿七，"卢希一边吃着苹果，一边刷着微博，"你最近有没有听到什么好听的翻唱歌曲啊？我这音乐列表里的歌都快听烂了。"

"没啊，"祁诺摇头，"我最喜欢的俩翻唱歌手都去当三次元'现充'了，我男神离上一次发歌大概已经有半年了。"

"你男神谁啊？"卢希立刻八卦地凑过脸来，"红不红？你说出来我肯定知道。"

"Equator。"

一听到这个名字，芮珊顿时侧过脸看向祁诺。

对这个名字，她多少还是有点印象的，要是她没记错的话，这个人好像两个月前转过她的舞来着？是芒果口中的那个什么翻唱圈第一男神？

"原来你男神是赤道啊！"卢希一听就来劲了，把手里的苹果核往垃圾桶里一扔，一把抓住祁诺的手臂，兴奋得眉飞色舞，"我的老天我也可喜欢他了，他的那首《Battle》简直好听得飞起啊！整个翻唱圈就没第二个能唱出他这种感觉的男人了我跟你说！"

"那必须啊！"祁诺一脸得意，"不过他就是'懒癌'晚期，发歌实在是太少了，一年算上合唱就发了三首歌也是没谁了，而且最近一次他发微博，居然是转了一个'舞见'的舞，我也是有点看不懂。"

"啊？'舞见'？我一直觉得赤道是那种'禁欲系'的男人，怎么会突然去转'舞见'的舞？"

"我怎么知道？反正转完之后他又消失了快两个月。"

在一旁如履薄冰地听着他们讨论的芮珊感觉自己的军服外套都已经快被汗浸湿了。

"珊珊，"卢希此刻拍了拍在一旁一直没做声的她的肩膀，"你怎么不说话？你知不知道赤道是谁？"

"不知道。"她说的倒的确是实话，"我平时不怎么关注翻唱圈的。"

"其实我以前也不怎么关注的，"祁诺歪了歪脑袋，"我大概是两年前入的坑吧，那个时候我的男神还是'大帅比'贺曲优，赤道都还没入圈呢。"

"我知道他，老曲！日翻第一暴脾气小王子！金曲城田优！西域鸽子王！新疆金嗓子！"卢希在一旁兴奋得不断舞爪，"老曲还有古风公子Djay可是我心中永远的最爱啊！"

"是啊，Djay当时拉着他老婆在YY宣布退圈，多少人一夜失恋哭天抢地啊，后来没过多久老曲和Coser古奈又公开了，你不知道当时我的心都碎成渣渣了……"

"哎，苍天啊，为什么在二次元我们这群单身都要被虐成这幅惨样……"
她觉得自己的胃都听疼了。

祁诺和卢希这时注意到了她在旁边一脸便秘的脸色，便异口同声地问她："你怎么了？人不舒服？还是你想到了什么事情要和我们说？"

芮珊重重地叹了一口气："你们真的想听吗？"

祁诺和卢希异口同声："想！"

她揉了揉太阳穴："你们嘴里这位曾经称霸日翻圈的金嗓子贺曲优是我的表哥，没错，古奈是我表嫂，Djay和菠菜我也都认识。"

祁诺和卢希："……"

然后这两个女的开始疯狂尖叫，闹得方圆十里的人都惊恐地看着她们。

芮珊已经预料到她们俩会是这个反应，捂着耳朵等她们叫完之后，才放下手："我会帮你们要签名的，放心吧。"

祁诺泪流满面地捏着她的肩膀："芮珊你就是我的再生父母！"

卢希："我爱你一辈子！芮珊！接下来一个月寝室的卫生将由我来承包，你面前的这片鱼塘也由我来承包！"

她摇了摇头："那你们保证听了接下去的内容，依然会爱我。"

祁诺和卢希："当然！"

她闭了闭眼："我就是那个被赤道转发视频的Tapy站'舞见'，酸奶冰。"

原地一阵寂静。

祁诺连手都抖了："今天一晚上的信息量真的比我十几年接收的都要大……"

卢希："芮珊，你真的是人生赢家！你为什么可以那么牛！"

芮珊："真的都是凑巧……"

凑巧她喜欢跳舞，凑巧她在Tapy站上发视频然后红了，凑巧她表哥是翻唱圈大神，也凑巧那个什么赤道莫名其妙地转了她的舞……

"芮珊，虽然我男神转了你的舞，但是！我不介意！因为是你！"祁诺激动得直搓手，"等晚上回去我一定要好好看你的舞！"

卢希："我也要！我也要看！"

芮珊："我只求你们俩不要在我面前看，我不想被公开处刑。"

祁诺和卢希异口同声："不可能！我们以后还要当面看你跳！"

军训周每天晚上都有例行的军训集会时间。

所有大一新生都会被集中到体育馆里，集体观看各种教育视频，并听学校领导和学长学姐讲话。

芮珊被祁诺和卢希抓着盘问了一百个问题，并承诺回寝室继续回答她们的一百个问题，才算是能喘口气进体育馆，她刚刚在椅子上坐定、从口袋里掏出手机，就听见一群女生压低的惊呼声。

"哎。"

坐在她身边的卢希这时朝左手边的看台努了努下巴："我们班那个导生学长，简直就是个移动的荷尔蒙，他身高得有一米九了吧？"

"虽然我喜欢的是那种眼镜腹黑男，"祁诺补充，"但是我不得不说一句，郑雨昇的颜值真的太能打了。"

"真的！我给82分，剩下的我用'666'的形式给。"

芮珊表面上一脸淡定地给徐橙发微信，心中简直是愤慨得想掀桌。

真是活作孽啊，就连祁诺和卢希居然都被郑雨昇那张脸给迷惑了。

这家伙实际上就是个彻头彻尾的流氓这件事，就算她说出来，又有几个人会相信呢？全世界都会觉得是她一个人在胡说八道吧。

昨天将郑雨昇知道她是酸奶冰的这件事告诉徐橙后，徐橙的反应也十分惊恐，两人在微信上商量了许久，觉得这件事唯一的可能性，就只能是因为郑雨昇既亲眼看过她跳舞，也同时关注Tapy站，所以才会火眼金睛发现她二重身份这个秘密。

这么说的话，看上去十分'现充'的这家伙难道也是个'隐宅'？

同一时间，左手边看台。

郑雨昇收回落在不远处的视线，不动声色地蹙了蹙眉。

坐在他身边的一个戴眼镜的男生此时推了推自己的眼镜框，淡淡开口："我觉得你这两天比平时更烦躁了，是我的错觉吗？"

"我觉得不是！"

还没等郑雨昇说话，他右手边一个长得十分阳光帅气的男生立刻插嘴道："这绝对不是你的错觉！相信我！他现在就是比平时更烦躁十倍！"

郑雨昇卷起自己的袖口，冷笑："沈熙，吴劭，你们俩是在找死吗？"

沈熙漂亮的眼睛在镜片后微闪："如果说你是因为新生里又有一大帮迷途

少女对你穷追不舍而感到烦躁，我可以理解，但是我又感觉不只是这样。"

"昇爷，你难不成是有中意的女生了？"吴劭穷追不舍，"是谁？是你带的那个班里的新生吗？脸长得美不美？"

他听到这句话后，抬了抬眼眸，随后伸出长腿，给了身边这俩人一人一脚。

"你怎么总那么暴力啊！"吴劭夸张地抱着自己的腿嗷嗷大叫，"既然动手了，就说明你心虚！你等着，我和沈熙明天就去你带的那个班溜达一圈，看看有没有可疑的对象！"

"OK，我是无所谓。"沈熙耸了耸肩。

郑雨昇碍于现在身处公共场合，所以强按捺下了动手的冲动，可心里早就已经下定决心回到寝室就要立即把吴劭打个半死。

"Tapy的'舞见'区你们平时关不关注？"郑雨昇这时终于没好气地开口道。

吴劭一听，立马点头："有几个萌妹的舞我会看，还有几个我还认识，怎么了？"

"酸奶冰知道吗？"

吴劭想了想："好像听说过，是最近红起来的，就是舞风偏街舞系，动作很有力，总戴着口罩跳舞的那个齐刘海小个子女生？"

"嗯。"

"她怎么了？"

郑雨昇托着下巴，目光飘忽不定，却没有回话。

在一边观察了许久的沈熙眼里此刻精光毕露："我想起来了，你之前有转过她的舞，酸奶冰就是芮珊吧？"

郑雨昇看了他一眼："沈熙，人太聪明不好。"

"噢噢？！"吴劭听得耳朵竖起，"昇爷，真的假的？！你什么时候转性开始看姑娘跳舞了？你是不是情窦初开了！"

郑雨昇收回手臂，将他的脑袋推到一边，不耐烦地道："多管闲事。"

沈熙和吴劭此时越过对视一眼，脸上都露出了不怀好意的笑容。

好不容易熬到军训集合时间结束，芮珊已经困得眼皮耷拉了。

跟着大部队慢慢朝寝室楼走去，她忽然感觉到自己的手机震了震。

拿出手机，她看到屏幕上显示着一条来自陌生人的简讯。

"九点半，你寝室楼背后的小花坛见。"

芮珊本来满脸疑惑不知道是谁发来的，还以为是这人发错了，可看了一会这莫名熟悉的命令式嚣张语气，她心里渐渐有了不好的预感。

果然，两秒后，又一条简讯跳了出来。

"把我的号码记住，酸奶冰同学。"

她看完简讯，愤怒地把手机猛地塞回到衣服口袋里。

去他个郑雨昇，他还真以为她是怕了他不成？她就偏不照他说的做！

等回到寝室，洗完澡，芮珊吹干头发，瞄了一眼墙壁上的钟。

九点二十五分。

鬼才会陪他玩。

祁诺和卢希还在吹头发，她拿上手机，慢吞吞地爬到了床上。

"珊珊，你准备睡了？"卢希在下面问。

"啊，"她打了个哈欠，"我有点困了。"

说完这句话，她将手机放在枕头旁，闭上眼睛，准备睡觉。

三分钟后，她听见卢希的手机响了。

卢希关上吹风机，接起电话："喂？"

过了两秒，她居然听到卢希叫她的名字。

"嗯？"她困顿地睁开眼睛。

卢希看着她，脸上的表情在这一刻可谓是十分精彩："郑雨昇学长找你，他说他在楼下。"

一旁的祁诺关掉吹风机，也看向了她。

芮珊被这两道意味深长的视线看得天灵盖一紧，盖上被子："你跟他说，我睡着了，有什么话等明天再说。"

卢希转述后过了一会，再次要笑不笑地说："他说，这事很急，必须今天跟你说完。"

芮珊在心里头恶狠狠地骂了一句脏话。

"咳咳，"祁诺在下面笑得像一条大尾巴狼，"珊珊，我看你就下去一趟吧，就这样让学长等着也不太好。"

默默地在心中做了一会心理斗争，她忍无可忍地掀开被子，"唰"地就从床上跳了下来。

随手套上一件外套，余光里祁卢两人脸上尽是明晃晃的奸笑，她气得晕头转向，穿着拖鞋就直接下了楼。

寝室楼的门禁是十一点，军训的时候稍早、是十点，跑出寝室楼，一股热气扑面而来，她皱着眉快步朝寝室楼的背后走去，一边走一边还不断地观察四周有没有人。

拐了个弯，一眼就能看到小花坛边站着一个高瘦的身影，她走到郑雨昇面前，双手抱臂，用看阶级敌人一样的目光看着他。

郑雨昇见她出现，勾了勾唇角："我有一千种办法可以让你来。"

芮珊咬了咬牙，在心里头拼命告诉自己不要挠花他的脸："大晚上的你到底要找我说什么事，学、长。"

"住校期间，你准备怎么练舞？"她等他的话等了半天，居然听到他说了这么一句话。

她一愣："……练舞？"

郑雨昇轻轻扬了扬下巴："学校可没有通宵达夜的练舞房给你练舞，体操房下午四点就关了，除非你想在豆腐干似的寝室里跳。"

芮珊听明白他的话后，想了想："我会想办法找地方的。"

她曾考虑过，开学之后如果实在找不到地方练舞，再不济，跑到教学楼的屋顶上练也是可以的。

"不想加入街舞社？"

"不想。"

他低头看了她一会："看来你是真不想被人知道自己在网络上的身份。"

她翻了个白眼："所以你也别给我没事找事，亲、爱、的、学、长。"

她一开始十分担心郑雨昇会把她的秘密公布于众，毕竟她莫名其妙地和他认识，也不算了解他，但是后来又觉得，按照他的性格，如果真要曝光她的秘密，他早就曝光了。

郑雨昇听了她的话，过了半晌，微微朝她俯身。

"答应我一个条件，你就不用担心我会把你的秘密告诉其他人。"他一边说，一边居然伸出手，轻轻地摘下了她的眼镜。

芮珊毫无防备地被他摘下眼镜，眼睛在不习惯的黑暗中眨了眨，只能看到他模糊的精致五官。

"把眼镜还我。"她心中动了动，有些紧张地朝他伸出手。

他不说话，晃了晃手中的框架眼镜，目光落在她平日里藏在镜框后乌黑漂亮的双眼，小巧挺立的鼻子和嘴唇。

"不戴眼镜不行吗？"他垂了垂眸，"你的眼睛长得很好看。"

芮珊的心中再次"咯噔"了一下，脸上渐渐浮现起一丝在黑夜中无法看清的红晕，声音也有些发干："还我。"

"答应我就还给你。"他淡然自若。

近四十厘米的身高差距，在这种时候的优劣就曝光得淋漓尽致，芮珊眼见自己怎么也拿不到，便没好气地说："什么条件？"

"我在学校附近有一套房子，平时空置着没人用，开学之后你每天到我那边去练舞。"

说完这句话，他根本不等她的回答，就将眼镜还到她的手里，长腿一迈往自己的寝室楼走去："记得军训结束来找我拿备用钥匙。"

等芮珊回到寝室，一进门，她就看见祁诺和卢希堵在她的床头。

早在下楼之前，她就知道上来的时候必会有这一出，一屁股坐在椅子上，她无奈地看向祁卢二人。

"来吧，人生赢家，"卢希笑着看着她，"和我们说说，你和我们的郑学长又是怎么一回事？"

"芮珊你小子可以啊，这才两天就瞒着我们和这么大的香饽饽串上了？"祁诺翘着二郎腿，"大晚上的睡着了都非得要叫下楼去，你要是跟我说不是有奸情我把头割下来送给你。"

郑雨昇那人的行事风格堪称猎奇，她自己心里本来就还没理清他走之前那最后几句话的意思，此刻面对她俩的质问，她明白自己肯定躲不过去，但是也知道不能和她们说实话，大脑转了转，只能这么说："其实在我进大学之前，我就已经和他认识了。"

祁卢对视一眼："然后呢？"

"没然后了啊，"她说，"他是学长，估计觉得得多关心照顾下学妹吧。"

说完这句话，她在心里被自己恶心到了。

还照顾学妹呢，那人分明就是在折磨她吧。

"那么多学妹，他怎么不来照顾我们俩啊？"卢希把自己的头发盘起来，笑得活脱脱像个盘丝洞的妖精，"要我说，他肯定是看上你了。"

"我也这么觉得。"祁诺点头。

芮珊不知道该回什么："我觉得是你俩想太多了。"

"亲爱的芮珊同学，"祁诺伸出手，拍了拍她的肩膀，"相信我，虽然你个子是矮了点，但这不妨碍你摘下眼镜后是个美少女这个事实。"

"是啊，说不定人家郑学长口味独特，就是喜欢你这种发育不良的类型呢？"卢希挑眉。

她翻了个白眼，从椅子上起身："晚安，姑奶奶们。"

爬上床，她摘下眼镜，平躺下来，任凭祁卢二人再怎么调戏，也不肯吭声了。

她总觉得，自从第一天在寝室楼下被郑雨昇叫住的那一刻起，她的大学生活就开始脱离了她的控制。

他叫她去他的房子练舞，又是什么意思？逗她的吧？她又不是他的亲戚、女朋友，甚至连朋友都还算不上，他怎么会说出这种话来呢？

而且这家伙做事一向只会发号施令，从来不给解释，简直就是现代版的沙皇。

第二天，军训继续。

郑雨昇作为她们班的导生，理所应当地全程陪伴在他们队伍旁边，当然，只要是军训休息期间，他的身边也永远都被围得水泄不通，甚至连隔壁班的学妹都跑过来殷勤地问他"学长在大学学习的经验"，就连他们的教官都感叹说他们班每天都跟个明星见面会似的。

经过昨晚，芮珊正在试图努力地把自己的存在感降到更低，最好他都不要看见她，此时她坐在距离他包围圈最远的角落，一边喝水，一边听祁诺和卢希讨论Tapy站上最近火得不行的"新番"。

过了一会，她突然感觉有人拍了拍她的肩膀："同学，你好。"

抬起头，她看到了一张阳光帅气的陌生男孩子的脸，看他穿的服装，好像是其他班级的导生。

"啊，你好。"她说。

一旁祁诺和卢希立即停止了讨论，齐刷刷地把目光移了过来。

"请问，这里是郑雨昇带的班吗？"这时，阳光男身边露出了另外一张脸，只见那人戴着一副框架眼镜，长相十分斯文清俊。

"嗯。"她不得不应了一声。

"那请问……你知不知道芮珊是谁？"阳光男又说。

芮珊听得浑身一紧，汗毛倒竖。

可她忘了，这里可不是只有她一个人，就在她还未想好怎么开口的时候，就见身边卢希和祁诺笑得格外殷勤，将手齐刷刷地指向了她，异口同声地道："就是她。"

然后，她看见阳光男和眼镜男瞬间对她露出了意味深长的笑容。

"原来就是你啊，"阳光男摸了摸自己的下巴，"介绍一下，我是郑雨昇的哥们，吴劭。"

"久仰。"眼镜男朝她点了点头，"我叫沈熙。"

"你们好。"她干笑。

"学长们好，"卢希一听他们的对话，先是摸了一下她的脑袋，然后对沈熙和吴劭说，"我们家孩子，不太会说话，还请你们多担待一些。"

"芮珊学妹，昇爷没欺负你吧？"吴劭又问。

芮珊沉默两秒："……没有。"

"真的没有吗？"沈熙说，"昨天晚上他应该是去找你了吧？我看他回来的时候心情很好，按照我对他的了解，一般他都是欺负人了之后心情特别好。"

芮珊感觉自己都要哭了，继续干笑："没有，呵呵呵……"

由于吴劭和沈熙也是在人群中鹤立鸡群的那种人，这时有不少同班同学都已经朝他们这边看了过来，芮珊觉得自己的脸都快笑僵了，心头也在淌血。

郑雨昇那个混蛋到底跟他朋友说了什么？为什么连他的朋友都找上门来了？

这种诡异又尴尬的僵持很快就被打破。

还没等芮珊看清楚，一个高大的阴影突然就出现在了她的面前，然后吴劭和沈熙就被推到了离她五米之外的地方。

郑雨昇看着沈熙和吴劭，冷笑了笑，几乎是在从牙缝里说话："滚不滚？"

"啊呀，昇爷，"吴劭嬉皮笑脸地伸手搭上郑雨昇的肩膀，"别这么凶嘛，我们就是休息的时候过来闲逛一下看看你。"

沈熙推了推眼镜，微微一笑："我带的班估计差不多要开始训练了，我先走了。"

"我也走了，哈哈哈……"吴劭摸了摸鼻子，紧跟着沈熙，可在离开之前却还不忘朝芮珊贼笑着说一句，"芮珊学妹，下回见啦。"

芮珊："……"

郑雨昇狠狠瞪了吴劭一眼，转过身，居高临下地看着芮珊。

她还没触到他那灼人的目光，就几乎毫不犹豫地拿起水瓶，立刻起身开溜。

可他怎么可能让她在自己的眼皮子底下成功逃走。

下一秒，他长手一伸，居然攥着她的后领口将她像小鸡一样地拽回来，提到自己的面前。

"喂！"芮珊怒了，使劲掰他的手，"郑雨昇！"

他略微松了手，可还是不轻不重地捏住她的肩膀："你逃什么？"

"谁逃了？"她别开脸，"马上就要开始训练了。"

他看着她的脸，冷笑一声，嗓音低沉："你躲我躲了一天了，以为我看不出来？"

旁边那么多双眼睛看着，她急得不行，又挣扎不开，想要发火，可一口气憋着也不知道跟他说什么。

祁诺和卢希两人在一旁津津有味地围观他们互动，恨不得此刻自己手里有两包爆米花，可以边吃边看。

郑雨昇看了芮珊一会："昨天晚上说的事情你没忘吧？"

"什么事。"她故意装作没听懂。

他意味深长地眯起眼睛："你到我家……"

芮珊在一听到他说第四个字的时候就立刻跳了起来，赶紧抬手捂住他的嘴巴。

被她捂住嘴的郑雨昇在她没注意到的时候，眼底滑过一丝得逞的笑意。

然后，在众目睽睽以及她恼羞成怒的瞪视下，下一秒，他竟然伸出舌头，轻轻舔了舔她的手心。

芮珊像是被热锅给烫到一样，猛地甩开手，跳开一步，不可置信地看着做出这种事情之后还一脸淡然的某人。

除了她之外，没有一个人知道他刚刚做了什么。

手心里依旧保留着他唇舌的湿润温度，从手掌开始一直蔓延到她的五脏六腑，她没有谈过恋爱，也从未和哪个男生如此亲密接触过，平时灵敏的脑子此刻完全转不过弯来，几乎是傻愣在了当场。

"相信你现在一定记住了。"

郑雨昇看着她脸红脖子粗的窘迫样，目带微笑地颔首。

这个世界上怎么会有这么无赖和恬不知耻的人！

没有留给她爆发的机会，在离开之前，他微微俯身在她耳边说了一句："还有，你要是再敢躲着我的话，下场可就不只是这样了。"

等下午的军训再次开始的时候，芮珊明显感觉到集中在她身上的视线变多了。

她个子矮，话又不多，最开始根本就没什么人会来注意她或者和她搭话，除了祁诺和卢希之外，她几乎就不怎么认识班级里的其他同学。

可郑雨昇刚刚那一茬，却让她开始时时刻刻感受到背后以及脸庞上如芒般锋利的眼神。

"你是叫芮珊吧？"下午的训练结束时，班里的几个女孩在她走之前叫住了她。

她点了点头。

"你和郑学长关系很好吗？"为首的那个女孩用怀疑的眼光看着她，语气里一股酸味。

她怔了怔："没有。"

"如果没有关系很好，他怎么会和你走那么近，而且他的朋友为什么也认识你？"另外一个女生又说。

"是啊，怎么看都像是已经认识了很久的样子！"女生们都叽叽喳喳地说了起来。

一旁的祁诺和卢希这时有些看不下去了，想上来帮她讲话，可芮珊垂了垂眸，再抬起头的时候，却十分自然地看着那些女生，态度也很诚恳："他是我的高中学长，之前高中的时候有过交集，所以还算认识。"

"啊？是这样啊？"

不出她的所料，那些女生听了这个理由后看她的眼光都没那么锋利了，还有说要她帮忙和郑雨昇牵线搭桥套近乎的。

费尽口舌好不容易把她们打发走了后，芮珊步伐虚弱地走到一棵树前，扶住了树干，长长地叹了一口气。

"姐们。"

祁诺吹了声口哨，在一旁拍拍她的肩膀："我和阿希就不逼你了，你还是自己招了吧。"

"招什么？"

芮珊简直是快要给她们跪下了："姑奶奶们，你们能不能消停一点儿了？我和他真的连半毛钱关系都没有！"

祁诺和卢希："呵呵，骗鬼呢？"

当晚洗完澡回到寝室，芮珊累得连话都懒得说，就直接上了床。

她觉得她在高中毕业时所期盼的所谓的平静又安宁的大学生活，已经彻彻底底被郑雨昇给摧毁得惨不忍睹了。

这个人就像一颗脱离轨道的彗星，以不容他人拒绝的姿态，就这么莫名其妙地将她的脑子和生活撞得一团乱。

为期一周的军训很快就进入了尾声，这几天芮珊一改往日看到郑雨昇就绕道走的模式，和他迎面相对也不眼神躲闪，还恭恭敬敬地叫他一声"学长"。

郑雨昇起先有些诧异于她突然之间的态度转变，可观察她许久后，却琢磨出了一丝玩味。

军训结束的第二天上午，芮珊睡醒之后，收到了一条来自郑雨昇的微信。

"西门的漫猫咖啡店见。"

祁诺和卢希都还在睡，她轻手轻脚地爬下床，刷了牙、换上衣服，慢悠悠地晃出了寝室楼。

早上的校园里人还不多，她刚走出西门，远远就看见郑雨昇显眼地站在咖啡店的门口。

这个人的视力是真的好，她才刚看见他，他就也看到她了，晨光下，他对她淡淡一笑，在转身之前，朝她做了一个让她跟着自己的手势。

不知道怎么回事，她在他微笑的那一瞬间，突然觉得自己的心跳快了一拍。

五米的距离，他双手插在口袋里不紧不慢地走在前面，她装作不认识、低着头跟在他后面。

走了五分钟左右，她看见他拐进了一个住宅区。

芮珊一怔，停下脚步。

直到这时，她才后知后觉地察觉到他今天应该是按照之前说的那样带她去他在校外的房子。

一个女孩子，跟着一个才没认识几天、非亲非故的男生去他家里，真的不太好吧？

想到这，她几乎是毫不犹豫，转身就想折返回学校。

就在同时，她的手机也响了起来。

"小矮子，你是不是又想逃跑了？"接起电话一听到这个声音，她的天灵盖就一紧。

缩了缩脖子，她硬着头皮道："学长，我莫名其妙去你家练舞真的不太好。"

"我都说了，房子是因为空置着积灰，才借给你练舞用的，"他的声音已经有些不耐烦，"又不是免费借给你的。"

一听到"不是免费"这四个字，她倒是听进去了，立即问："所以不是免费的吗？我可以像租用练舞室那样租用你的房子？"

他用鼻子哼了一声，说："快点，我门都开很久了，三号楼401室。"

挂下电话，她站在原地又想了几分钟，想清楚觉得没什么问题了，才抬步朝小区里走去。

依言来到他的公寓前，大门是微微敞开着的，她敲了敲，打开门，就看见郑雨昇正坐在门对面的沙发上低头看手机。

"跟乌龟似的。"听到声响，他抬起头，瞥了她一眼。

她合上门，站在玄关没踏进屋子，先清了清嗓子："学长，我平时下课后来你这边练舞，还有晚上吃完饭之后过来，一天加起来大概四个小时左右，费用怎么算。"

郑雨昇放下手机，双手托着下巴，目光上下打量了她一番，不说话。

屋子里此时特别安静，连一点声音都没有，她被他看得有点发毛："你放心，我不会在你这边洗澡的，等练完舞我回寝室洗，澡堂10点才关门。"

"你在我这边洗吧，等你回到寝室汗都吹干了。"他终于懒洋洋地开口，"就按照你平时在练舞室的价钱算，一个月结给我一次就行。"

她虽然觉得付款周期实在是有些长，但看他也是一副满不在乎的样子，只能点点头。

至此，契约算是正式成立，他此刻站起身，朝她走过来。

"伸手。"走到她面前，他命令道。

芮珊刚伸出右手，一串冰凉的钥匙立刻落入她的手中。

"大的那一把是铁门钥匙，小的是内门钥匙。"他说完，转身折返回客厅，"过来一起吃早饭。"

芮珊拿了钥匙，收入口袋中，脑中的警铃发条又作响了："那啥，我就不打扰了，我回食堂去吃……"

"小矮子。"

刚想开门撤退，就听到背后如同怨灵一样的声音："你就这么怕和男生单独相处？"

她身体一僵。

"我一开始总觉得你是在害怕我，但是后来觉得不对劲，你是看到男生都习惯性地避而远之。"她听到背后他的声音越来越近，"你不反驳，我就当我说的没错。"

鲜少有人知道的心思就这么被他揭穿，她沉了一口气，右手握上门把，脸上没什么表情："这不关你的事。"

在她刚要开门离开的时候，左手臂就被人猛地扣住，他力道大，把她拽得一下子转过身，连退路都没有。

"过来吃早饭，"郑雨昇抬了抬眸，声音放得更沉了一些，听起来竟有些不同以往的温柔，"你害怕别的男的没关系，别害怕我。"

芮珊听得耳一热，声音也不自觉放低了："为什么不害怕你？"

他也是男生啊，还是那种存在感特别强的男生。

说话间，她人已经被他拖到了餐桌边，他拉开椅子，让她坐下，然后将盛着面包和煎蛋的盘子推到她面前。

"我从最开始就是真诚地和你相处的，这和我的性别没有关系，你能和你的室友成为好朋友，为什么就不能对我放松戒备？"

听到这句话时，她忍不住抬起头，看向他。

"不是吗？"郑雨昇松了领口的扣子，低头喝了一口牛奶，"两个月前你就见过我生活里的样子，所以你也别害怕我知道你的另外一面会拿来做文章伤害你。"

"这和你最开始说的不一样。"她拿起面包，嘀咕了一句。

他最开始整天就在拿她的另外一面威胁她，害她都快得心病了，现在却突然打了一招软牌。

"我是个看心情做事的人。"他说，"但是只要我说过的话，我就会遵守。"

"所以你现在心情不错？"

他看一眼在一旁低头吃煎蛋的她，不动声色地一笑："是不错。"

她不经意间触到他的目光，觉得心脏又是加快一跳，立即低下头。

从最开始到现在，她一直觉得他们相处时总是容易硝烟四起，可第一次这么平和地和他一起坐在这间屋子里吃早饭，这种感觉居然也不是那么坏。

虽然最开始她有点招架不住他，可是从心底里来说，她却并不害怕这个人。

怎么说呢，她总觉得，她不是那种会"伤害"她的男生。

即使他总是"小矮子""小矮子"地称呼着她。

吃完早餐，郑雨昇托着下巴，眼底波光流转："那么从今天开始，作为你的房东……还有，朋友，就请多指教了，小矮子。"

她挑了挑眉："朋友？"

"是啊，朋友。"他说得理所当然。

芮珊想了想："出了这扇门，应该就不必走得很近了吧？"

毕竟他身边的亲卫队那么多，她看着就觉得毛骨悚然。

"既然是朋友，任何时候都是一样的，哪有分时段之说。"将碗收拾起来放进水池，他洗了手，说，"我和朋友约了打球。"

"噢。"她点点头。

"等我回来时你还会在这里吗？"要出门前，他把玩着手里的钥匙问她。

"应该吧，今天没什么事，所以会练一天的舞。"

听完这句话，她发现他似乎心情挺愉悦的样子，居然没再多说什么，就直接离开了。

送走了这位祖宗，芮珊十分好心地去厨房把碗洗了，决定在屋子里逛一圈。

硬冷的装修风格和黑白分明的线条，甚至没有一件多余的摆设，连冰箱里的东西也是少得出奇，逛完整间屋子，她不禁默默地在心里感叹，郑雨昇这人是真的懒得不行。

回到客厅，沙发旁有很大一块空地适合练舞，她在这块空地上踱步来踱步去，总觉得这一切都发生得很奇妙。

作为一个从小就和男性绝缘的人，她居然会来到一个才刚认识几天的男性朋友家里，和他签订口头租赁协议，从此以后都会开始在他的家里练舞。

而且，她还意外地和他分享了自己的双面人生——她并非人前所示的呆板内向，实则是一个在网络世界和跳舞时迸发无限活力的人。

想来想去，她叹了口气，决定把这一切都抛在脑后，卷起袖子开始练舞。

她当然不会知道，他们的故事，已经开始了。

练了一会舞，芮珊热得脱下外套，跑去厨房倒了一杯水。

摸出手机登上微博随便刷了刷，她顺手点进自己的主页，手一抖，发现自己的粉丝居然一夜之间疯涨了两万。

这是什么情况？

点开评论，她发现一长串的留言风格都十分相近。

"赤道观光团"

"男神观光团+1"

"+2"

"+10086"

等等，赤道？

鉴于这个名字实在是耳熟，她凭着记忆翻到自己之前那条《四季雨》的舞蹈微博，找到了热门转发的Equator点进去。

没想到这个叫赤道的人居然关注了她。

点进对方的31个关注，她发现除了她之外，其余的她一个都不认识，但看那些人的粉丝数量和简介，应该都是翻唱圈的大佬。

做了整整两分钟的心理斗争，她看着赤道的主页，郑重地点了一下"关注"按钮。

然后，她看见左下角的图标变成了"互相关注"。

虽然说，她压根不认识这个人，可是依照芒果和祁诺、卢希她们的说辞，既然对方在翻唱圈的名声如此巨大，还不知哪根神经搭错关注了她一个小小的"舞见"，她不回关也的确是很礼貌，很可能会被人黑太高冷。

刚退出他的主页，她看到自己的私信界面跳出了一条新消息。

Equator: hi

简简单单的两个英语字母，连个标点符号也没有。

芮珊看着那个棕发的帅气人设头像跳出来的一瞬间就虎躯一震，哆嗦两秒，她官方地回了一个：你好。

然后，然后他就没声音了……

对话界面里，她的这条消息显示的是已读，就说明对方已经看到了，她等了五分钟，赤道还是没有回复，她便直接退出了微博。

将手机放在桌子上重新开始练舞，她一边看着视频，一边不由感叹最近来路不明的人实在是有点多，她总觉得无端心慌。

大概又过了半个小时左右，家里的门随着一阵钥匙转动的声音被打开了。

郑雨昇穿着一件背心，手里拿着出去时穿的短袖，浑身热气腾腾地走了进来。

"你回来了。"她下意识地停下舞步，有些紧张地将视频按了暂停键。

他合上门，头发因为汗水而蓄成了她第一次见到他时的潦草模样，看她一眼，他抿了抿薄唇，随口"嗯"了一声。

"你继续练，我去洗澡。"经过她身边时，他随手将短袖扔在了沙发上，大步往浴室走去。

目送他进入浴室关上门，她竟无端觉得呼吸有些困难，不禁长长吁了一口气，脸颊也有些不明所以地泛红。

虽然她少得可怜的与男性接触的经验让她没太多资格去评价男生，可就算是这样，她都知道郑雨昇的身材是真的很好——肌理分明，线条漂亮，精壮却没有一丝赘肉，和电视剧、电影里那些男主角如出一辙、甚至更添几分男人味。

面红耳赤地再继续练了一会舞，她听到从浴室里传来了郑雨昇的声音："小矮子。"

"啥？"她惊慌地应了一声。

"你过来一下。"他说。

芮珊没多想，随着声源走到浴室的门口。

"你去厨房水池上面那个柜子里拿一盒纸巾来，洗手间里的没了。"

"噢。"她转了个弯，屁颠屁颠跑去厨房，按照他的指示，打开水池上方那个柜子。

然后，她发现了一个很严肃的问题——纸巾放在柜子的第二层，以她的身高要去拿到那盒纸巾，实在是有点困难。

沉默两秒，她在原地跳了几下，试图去够到那盒纸巾。

够不到。

虽然现实很残酷，但是她真的太矮了……

"噗。"

耳边先听到一声从鼻腔里发出的嗤笑声，在她还没来得及转过身的时候，一个热腾腾的还散发着洗澡后水汽的身体便从后贴上了她的背部。

芮珊浑身一僵，吓得一动都不敢动。

下一秒，就见一条男人的手臂越过她的头顶，轻轻松松地就从柜子里取下一盒纸巾，还顺手关上了柜子。

"你真的很矮。"郑雨昇手里拿着纸巾，维持着这个姿势，从上而下看着她的头顶，嘴角挂着一丝淡淡的嘲笑。

她满脸通红地用余光瞥了他一眼，看到他浑身居然就只围了一条浴巾，上半身还完全是赤裸的状态，立刻捂着脸恼羞成怒地道："郑雨昇！你知不知道什么叫男女授受不亲啊？能不能穿好衣服再从浴室里出来啊？"

"这里是我家，"某人对她的这番话显得十分嗤之以鼻，"我凭什么要穿好衣服才能在家里走动？我裸着都能走，横着都能走。"

她快要晕倒了："你一个人的时候随你怎么样，现在有女生在，你是不是变态？"

郑雨昇勾了勾嘴角，伸手一把拽开她捂着脸的手。

"你说我是不是变态？"

下一秒，他当着她的面，竟然直接扯下了自己身上的浴巾。

"喂！"

芮珊吓得已经都要脑充血了，可视线中她却没看到传说中那个看了会长针眼的地方，反而看到了他包在浴巾里穿得好好的运动中裤。

"噗。"

这是郑雨昇今天以来第二次充满恶意的嗤笑："你的脑子里都在想些什

么？到底谁才是变态？"

她顺着他的运动中裤和赤裸的上半身看到他英俊的五官以及鄙夷的笑容，简直气得头发都快烧焦了，拔腿就往厨房外跑。

这人自己不修边幅乱耍流氓还反踩她一脚？她可是明白了，以后他在的时候她绝对不待在这里。

刚跑到客厅，长手长脚的郑雨昇几步就追上来了："你跑什么。"

"说好互不干涉的。"她横眉瞪他。

"我又没干涉你，我不就是拿个纸巾盒吗？"

芮珊气得说不出话："我不习惯练舞的时候旁边有人。"

郑雨昇抱着手臂注视着她半晌，蹙了蹙眉："那你得习惯有人在啊，你跳舞不就是跳给大家看的？以后难道你也不去现场表演吗？"

见她不说话，他继续说："你现在在Tapy站逐渐走红起来，他们的人很快就会找你签约，然后给你机会让你去各种漫展或者舞台上表演，作为舞者，哪怕你再内向，你就不想让更多人看到你的舞蹈吗？"

她站在原地，听着他的话，一开始还没有反应过来，可后来渐渐平静下来，便不声不响地看着他。

这个人，虽然和她根本没认识几天，可是总能够轻而易举就点到她的心事。

每一次都是这样，毫无例外。

就像他很了解她似的。

到最后，她不得不点了点头。

因为他说的确实没有错。

郑雨昇看她一会，走过来，将一条干净的浴巾扔在她头上，隔着浴巾揉了揉她的脑袋。

"没事的，不用害怕，你已经很棒了，值得被大家看到。"

他的手掌大而温热，隔着浴巾似乎都能感觉到，她脸一热，小心翼翼地透过浴巾去看，却发现他人已经消失在了自己的卧室里，还反手关上了门。

很快，开学了。

除了上课之外，芮珊所有的课余时间，基本都是跑到郑雨昇的公寓里去练舞。

在以前，这是她根本无法想象的一件事——一个人去一个非亲非故的男生家里练舞。

因为父母离异的缘故，她确实一直以来对男性存在一丝抵触的心态，虽然不严重，但也并不是那种会去主动靠近男生的类型，但是郑雨昇却以一种强硬的姿态忽然就闯进了她的生活，最开始她完全是被迫接受的，可到后来，她却发现，她越来越习惯和他相处了。

她不仅不排斥他，她还开始变得有些喜欢和他待在一块儿。

而且这个暴躁还强势嚣张的家伙，有时候比她还细腻。

这种细腻，特别能打动人。

有时候她练舞对一个动作不满意，反复练的时候，他会抱着手臂在沙发上给她意见；有时候他看出她对自己没有自信，还会讲笑话给她培养自信；有时候她练得晚了，会发现餐桌上摆着吃的喝的……

诸如此类的每一个细小的地方，都会让她感到心暖。

还觉得有点儿心痒痒的。

这种感觉，对她来说很陌生。

她一时半会还没想明白这是一种什么样的感觉。

这天放学，她又要去他家练舞，刚进家门，就看到吴劭和沈熙在餐桌边喝可乐，看到她后，两人都笑眯眯地和她打招呼："大嫂好！"

芮珊："嗯？"

郑雨昇刚洗完澡，头发还是湿漉漉的，他正巧手里拿着一条毛巾从浴室出来，听到那句话，顺手就用毛巾抽了这两个男的一人一下。

吴劭抱着头大吼："你怎么又打人！"

郑雨昇没好气地说："你不是欠揍吗？"

吴劭干脆从椅子上跳了起来，跑到芮珊面前："我要找大嫂帮我伸张正义！"

沈熙推了推眼镜："我支持你。"

眼看郑雨昇又要动手，吴劭直接躲到了芮珊身后，对她说："大嫂，救我！"

芮珊满脸黑线地回过头看着吴劭："谁是你大哥？"

吴劭指了指郑雨昇："除了他还有谁？"

郑雨昇看着吴劭："你再多说一句，我一定打断你的腿。"

芮珊原本被这声大嫂闹得有点儿不好意思，这会儿摇了摇头，冲着他来了一句："你是不是暴力狂，吴劭都已经这样了，你还打他，要真打成傻子了该怎么办？"

吴劭刚想说"大嫂威武"，可又觉得她这话不太对劲，什么叫"吴劭都已经这样了"？

郑雨昇和沈熙都忍不住笑出了声。

芮珊和他们闹完，开始专心练舞，在郑雨昇的帮助下，她已经不怕在其他人面前跳舞了，很快就顺顺利利地在他们三个面前练完了一整支舞。

吴劭和沈熙立刻给她鼓掌："大嫂真棒！大嫂Tapy第一'舞见'！"

芮珊："……倒也不必。"

郑雨昇给他们两个一人来了一下，脸上却也挂着一幅很得意的表情。

沈熙指了指郑雨昇，对她说："你看郑雨昇的表情，活脱脱一个骄傲的老父亲。"

她忍俊不禁："是有点像。"

郑雨昇听到这话，抱着手臂冷笑了一声："我才不想当你爹。"

芮珊还没说话，吴劭这个快嘴大妈就立刻插上："因为你想当她老公。"

芮珊的脸一下子爆红。

郑雨昇低咳了一声，拽着吴劭的耳朵就把他往外面拖："你给我赶紧滚。"

等郑雨昇把吴劭和沈熙轰出家门之后，他走回客厅，看着芮珊，低声叫她："小矮子。"

她有些不好意思看他："嗯？"

"你是不是后天就要过生日了？"

她点了点头。

"我要送你一个生日礼物。"

她张了张嘴："什么生日礼物？"

"先不告诉你。"他眯了眯眼，脸上的表情满是玩味。

"……那我先谢谢你了。"

芮珊虽然心里被他弄得七上八下的，但是因为完全猜不透他嘴里的礼物是什么，也干脆不再瞎想了，继续埋头练舞。

等芮珊回到寝室，她洗完澡刷完牙，抓了祁诺还有卢希到自己的桌子旁边，结果欲言又止了半天，被卢希直接截和："你是不是想问郑雨昇的事情？"

她咬了咬唇，半晌，"嗯"了一声。

祁诺坏笑了一下："怎么着，小珊珊情窦初开了是不是？"

她也没有完全否认这个说法，红着脸犹豫了一会儿："我不确定是不是。"

卢希："至少你不讨厌他吧？"

她摇了摇头。

祁诺："看到他会心跳加速吗？"

芮珊："有一点。"

祁诺："每天会期待看到他吗？"

芮珊："……会。"

不知道从什么时候开始，每天去他的公寓练舞，并看到他，变成了一件她会放在心里期盼的事。

哪怕他们大多数时候都是在怼来怼去地拌嘴，但和他相处的时光，她总是很开心。

这是她以前从未体会过的。

祁诺和卢希对视了一眼，兴奋大叫："这还不是情窦初开吗？赶紧冲啊少女！"

芮珊心里虽然翻江倒海，但是面子上还是装得挺四平八稳的："算了算了，先不想了，睡觉去了。"

爬上床后，她拿着手机刷了会微博，忽然看到私信里又跳出了一条新消息。

Equator：你下一首舞蹈想跳的背景音乐是什么？

她看到这个神出鬼没的ID，又愣了一下，然后才回道：《向着声音的方向》。

Equator：OK，我来翻唱，两天之内发给你。

她都傻了。

这赤道怎么那么有意思？竟然自己送上来门来要给她翻唱背景音乐？他的人设难道不是酷炫狂霸拽吗？

而且这个不容分说的语气，为何她竟然从中感觉到了一丝丝的熟悉？

她想了想，给对方回过去：那是不是有点太麻烦你了……

赤道兄弟秒回：不麻烦。

然后她发了好几个谢谢的表情过去，对方就再也没有回复了。

她一头雾水，心里想着这个翻唱圈大神真的是有点神奇，难道他是认识自己吗？还是认识自己身边的人？怎么会从最开始就一直这么莫名其妙地来接近她、甚至帮她呢？

很快，就到了芮珊生日的当天。

一大早芮母和徐橙就一人给她发了一个大红包，她开开心心地和这两位打完视频电话，然后去上课，中午祁诺和卢希又请她去学校外面的小餐馆吃了一顿生日饭，这两人贼有心，还特地去弄了一个好看又好吃的生日蛋糕过来。

打开Tapy站、微博和QQ群，粉丝们也是各种暖心的生日祝福刷屏，她一整天的心情都非常好，只是那个她本以为一早就会发消息过来的人一直到中午都没有发来过消息。

到了下午，她刚在犹豫今天还要不要去他家练舞的时候，他终于发了消息过来，让她现在就去他家。

祁诺和卢希都在旁边猫着，一看她神色有变，立刻从她的衣柜里硬生生给她翻出了一条最有女人味的裙子塞在她的手里让她换上，还不顾劝阻，两个人非要架着她给她化了一个无比精致的妆。

芮珊平日里的打扮都很运动休闲，很少这么有女孩子气，等完工后往镜子前一站，也被镜子里那个娇小可爱的女生模样给震慑到了："你俩可真是鬼斧神工啊……"

祁诺满意地拍了拍手："底子好，底子好。"

卢希叉着腰笑："保准把郑大帅哥迷得神魂颠倒。"

在这两人不怀好意的贼笑中离开了寝室楼，她觉得自己的心跳也开始越来越快，一直到他家门口的时候，她感觉自己的心跳声已经快要变得震耳欲聋了。

等用钥匙开了门，她一抬眼就愣住了。

整个屋子里此时都铺满了粉色的气球，还有五颜六色的彩带悬挂着，以及各种充满少女心的装饰，一看就知道花费了不少时间和精力来布置。

郑雨昇手里抱着一台笔记本电脑，人半靠在餐桌边看着她，勾了勾嘴角："生日快乐，小寿星。"

她张了张嘴，整个人像个木头人一样僵立在原地，脸上的温度一下子就攀升了上去。

芮珊完全没有想到，他竟然会搞出这么大一个阵仗来。

他看她傻愣愣的，直接走到她的面前，将手伸到她的眼前轻轻晃了晃："傻了？我布置了一整晚加一个早上的成果，不进来仔细看看你对得起我付出的苦力么，嗯？"

她还是没动静，他"啧"了一下，不由分说地直接牵过她的手就往屋子里带。

芮珊低头看着他握着自己的手，感觉自己的心脏都要爆炸了。

把她拉到屋子中间，他才松了手，炫耀似的指了指屋子里的布置："这些全都是我一个人弄的，沈熙和吴劭要来帮忙，全都被我拒绝了。"

她咬着唇，认认真真地环顾了一圈整个屋子，过了半晌，才红着脸，低声对他说："谢谢你，我真的很喜欢。"

他是第一个会为她做那么多事情的男孩子，如他自己所说，从他们相识开始，他所做的每一件事，所说的每一句话，都很用心很真诚。

这些也都是她能切身感受到的，她现在想明白了，这也是为什么她会在无意之中打开自己的心门，彻底接纳他，让他走进来的缘故。

郑雨昇听了她的话，微微眯了眯眼，故意压低声音问："有多喜欢？"

她咬了咬唇："非常。"

"有多非常？"

芮珊差点翻白眼："……"

他看到她无语的样子，大笑出声，然后说："马上还会有让你更喜欢的。"

她好奇地看着他，就见他示意她在沙发上坐下来，然后他打开电脑，轻轻地点开了音乐播放器。

下一秒，一首熟悉又悠扬的音乐旋律立刻从他的电脑里窜了出来。

是《向着声音的方向》。

在她还没反应过来的时候，她看到他轻轻咳嗽了一声，竟然张嘴开始唱了起来。

"喜欢上你正刚好。"

"因为你那么闪耀。"

"心动的声音呼啸。"

"我想朝着你奔跑。"

"听，我朝着声音的方向。"

……

几乎是他一开口，她就惊呆了。

因为他唱歌的声音实在是太好听了。

既有张力，又有爆发力，清澈透亮……绝对是专业级的水准，还是分分钟迷倒万千少女的那种磁性嗓。

而且，这唱歌的声音她觉得她好像在哪里听过。

还有。

他为什么会给她唱这首歌？这分明是她下一个要发的舞蹈视频的背景音乐。

一曲结束，他在她惊诧的目光中慢慢笑了起来。

"这是我送给你的生日礼物。"

然后，他看着她，一字一句地说。

"我就是Equator。"

客厅里一片寂静。

她整个人都呈目瞪口呆状。

原来，他就是Equator。

难怪她总觉得他关注她微博、开始和她相识的时间点很奇怪，难怪他每次在网上找她说话的语气她总觉得有点儿莫名的熟悉，难怪他今天会唱这首歌给她听，难怪她觉得他唱歌的嗓音有点儿熟悉、因为她之前听过Equator发在网站上的歌。

也难怪，他好像从最开始就已经知道了她的秘密。

"酸奶冰同学，其实我从很早很早以前，就已经认识你了。"

他没有给她喘息的机会，继续开始扔炸弹："大概是你在Tapy站发第一支舞蹈的第二天，我在首页无意间刷到你，那个时候你只有两个粉丝。"

"从那天开始，我就一直在关注着你的每一个舞蹈视频，我觉得你是我见过跳舞跳得最好最认真的女孩子，因为你的舞蹈里有用心、有坚持，这真的很难得，我以前从来不关注舞蹈区，也不看舞蹈视频，但是我为了你而破例了。"

"我就这么默默地关注着你，一直到你走红，其实我早就有想过在网络上来认识你，但是当时总感觉还没到时候，虽然知道我们在同一个城市，但我也苦恼了很久该怎么样接近你，万幸后来在你高中毕业的那天无意间在舞蹈练习室撞见你，我一眼就认出你是酸奶冰来了。"

他耸了耸肩，一副"我怎么那么聪明"的样子："然后听到你和我考进同一所大学，我就想着，这一切都是缘分啊，该来的迟早会来。"

"后来的事情你就都知道了。"

他这时放下电脑，轻轻地将她的手握在了手心里："我先在网络上用Equator的身份进入了你的视线，随后正式在现实生活中认识你，其实最开始我也能感觉到你不是一个很喜欢和男性相处的人，不过现在，我觉得你也为了我改变了，对不对？"

她听完这些话，好不容易在肚子里消化完，一听到他的问话，又红了脸。

郑雨昇此刻也不像平时那样着急了，就这么耐着性子一直等着她回答。

过了老半天，她才终于点了下头，然后红着脸轻声开口道："为什么？"

为什么会是她？

这么多女生，这么多会跳舞的女生，为什么他就会独独想靠近她一个人？

"如果你一定要问我为什么，那应该就是一见钟情吧。"

郑雨昇这时握着她的手，靠到自己的唇边亲了亲："这个世界上有很多事情并没有所谓的道理和踪迹可寻，尤其是爱情，我没有喜欢过别人，但是从第一眼隔着电脑屏幕看到你的时候，即便那时候你戴着口罩，看不清你的容貌，也不了解你，但是光看着你整个人跳舞的样子，我就有一种心动的感觉。"

"所以，无论怎么样，我都要向着你的方向全力奔跑。"

芮珊觉得自己的心脏都要跳出嗓子眼儿了。

这也是她头一次对一个人心动，而让她没想到的是，她喜欢的这个人，原来从那么早那么早之前就已经开始关注着她，并全力地支持着她做自己热爱的事情，觉得她很出色。

他喜欢她，真实地喜欢着她的每一面。

这真的令她感到很温暖。

"忍了很久了，才忍到你生日这天给你公开表演'掉马'，你要是答应做我女朋友的话，等会我就要直接发微博宣誓主权了，下一个你的舞蹈视频我都想好我要怎么配字转发了——给女朋友的舞蹈献唱好快乐。"

郑雨昇说得头头是道："嘻，我想马上酸死沈熙和吴劭，谁叫这俩天天怼我追不到自己的女神。"

她听得忍俊不禁，终于用手指轻轻戳了戳他的脸颊："那么等会儿你就可以去给他们炫耀了。"

他先是愣了一下，继而像个孩子似的兴奋地挥了挥拳头，大声叫了一声"Yes"，然后用力地伸开双手紧紧地拥抱住了她。

"生日快乐，女朋友。"

他靠在她的耳边，笑着说。

喜欢的话就坚持吧。

无论是你热爱的舞蹈，还是你热爱的爱情。

（完）

第二夜

《昼行的星》

你就像昼行闪耀的流星那样光芒万丈，
让我没有办法移开目光。

七月。

炎炎夏日。

周五的课一般来说比较少，季星滢中午前刚结束了一周的课，想着下午在寝室里补个觉，然后赶紧回家去了。

在本市读大学最大的好处就是可以每周回家，她脑子里想着妈妈做的菜，很快就躺在寝室的床上睡着了。

寝室里的其他三个小姐妹都是住校生，而且下午都有课。午觉睡醒之后，她一个人在安静无人的寝室里整理完东西，准备拖着箱子回家。就在这时，寝室的门忽然被人打开了。

寝室三姐妹之一的周白像一阵风一样刮进了寝室，然后一把抓起她的手，两只眼睛瞪得老大的："星星，你这个周末要不就别回家了吧！咱俩一起厮守在寝室里怎么样！"

季星滢一脸蒙："为啥？"

周白眨了眨眼睛："因为我想在寝室里好好学习，我希望有个人可以监督我，而这个人就是你。"

季星滢听到这话，挑了挑眉："白白，你给我说实话。"

周白此人，无论做什么她都不会感到吃惊，唯独只有学习这一条——这位大小姐除非是考试周，平时基本两手不沾书，上课也一定都在补觉，要让她静下心来在寝室学习简直比登天还要难。

所以周白说出这种话，季星滢她打死都不会信。

"诶，人与人之间最基本的信任呢？我就不能改过自新想认真学习了吗？"周白吐了吐舌头，下一秒立刻变得红光满面，"嘿嘿，其实我是想你陪我去看小哥哥，但是这个小哥哥，只有周末的时候才会出现，平时根本看不到的！"

季星滢问："小津和糖糖呢？"

"小津和糖糖周末都有社团活动、去不了，我知道你要回家，但是我一个人去又感觉有点儿孤苦伶仃的，有你在的话能给我壮壮胆。"

周白两只漂亮的大眼睛忽闪忽闪地瞅着她，"星星，你最好了，你这周末就留下来陪我去看小哥哥吧，我求你了。"

季星滢本来心就软，看着周白可怜巴巴冲着她撒娇的样子，犹豫了几秒，还是败下阵来："好，那我和我爸妈说一声。"

"我爱你星星！"周白立刻扑到她的身上，一把熊抱住她。

她哭笑不得地拍拍周白的脑袋，将行李箱推到了一边："现在，我有两个问题。第一，这到底是有多帅的帅哥你非得要一睹芳容？第二，什么样的帅哥只有周末的时候才能看到、平时竟然还看不到的？"

周白一屁股坐在椅子上，翘着腿眉飞色舞地告诉她："事情是这样的，我今天上选修课的时候，隔壁寝室的小田她们抓着手机在旁边疯狂花痴，我凑过去一看，好家伙，一个超级无敌大帅哥！"

"我不和你夸张。"周白说着说着，脸都红了，"这帅哥，跟现在的顶流明星都有得一拼。"

季星滢也被勾起了好奇心："那他人在哪儿呢？"

"我们学校旁边最近不是新开了一家酒吧么，每个周六晚上都会有一支乐队在酒吧里表演，并且这支乐队里的成员都是大学生，有几个还是我们学校的。而这位大帅哥呢，他是上周刚出现的，是那支乐队的新鼓手，小田他们上周去的时候一看到他就立刻拍下来了。"

周白说到这，差点儿连气都要喘不过来了，"你能想象，一个超级大帅哥在那儿打鼓有多飒吗？我光是想想，就连腿都要软了。"

季星滢抚了抚额头："……"

"我还没说完呢！这乐队里的四个人我都不认识，就算是校友也不是我们系的。而那个大帅鼓手，此前并没有任何人在学校里看见过他。"

周白摸了摸下巴，"讲道理，帅成这个样子的人，应该从开学第一天就已经上贴吧热帖第一，天天被人挂在嘴边津津乐道了，所以我们都猜测那帅哥可能惯常逃课，也不住校，所以才没有被人早早挖掘。"

"听说明天晚上我们学校会有一大批妹子专门冲去酒吧看这个鼓手小哥哥，还有人特意从外校赶来呢，机不可失时不再来！也不知道他是常驻鼓手还是来代班的，万一就代班个几次，以后看不到岂不是血亏吗！"

季星滢靠在柜子边，打了个哈欠："行了行了，我知道了，我陪你去就是了。"

周白歪了歪头："星星，你怎么好像对这个鼓手小哥哥丝毫没有兴趣的样子？他真的很！帅！很！帅！"

季星滢摆了摆手："啊，再帅也没用，我喜欢学霸。"

周白被噎了一下，想到季星滢那天神般每个学期都保持4.0的绩点，瑟缩了一下："行，那你就陪我去邂逅我的爱情吧！"

周六晚上。

在周白的强烈要求之下，季星滢只能换上了一条和酒吧气氛比较贴合的小裙子，并化了一个至少在昏暗的环境里也能看得清楚的妆容。

匆匆吃了几口晚饭，她就被浓妆艳抹的周白拖进了醒酒吧。

乐队的表演是八点整准时开始，可七点不到，整个酒吧就已经被围得水泄不通了，酒吧老板估计做梦都没想到自己的酒吧有朝一日能热闹成这个样子，当然不是因为酒吧好，是因为驻场乐队来个大帅哥。

季星滢在周白的奋力拖拽下一路从神情兴奋的女孩子们中挤到了比较靠前的位置，才好不容易落了脚。

季星滢在嘈杂的人声中，和周白咬耳朵："你不说，我都感觉我是来看哪个明星的演唱会的。"

周白的眼珠子都仿佛黏在酒吧的小舞台上似的："那可不，鼓手小哥哥就是今晚最靓的仔！"

话音未落，小舞台后面的侧门就人从里面打开了。

在全场陡然响起的此起彼伏的尖叫声中，四个高高的男孩子依次从侧门里走了出来。

为首的男孩子很高也挺壮，皮肤黑黑的，但是长得还蛮不错，特别有阳光大男孩的感觉，一边走一边在和后面的人开玩笑，跟着的两个男孩子一个特别瘦，看着风一吹就能飘走，另一个又稍微胖了点儿，脸上肉嘟嘟的，笑起来眼睛也找不着。

而当最后一个男孩子从侧门中出现的时候，全场的尖叫声直接到达了顶峰。

季星滢就算用脚趾头猜都能猜到走在最后的那位又高又瘦，脸生得无比精致，神情冷漠总感觉一副没睡醒样子的男孩子就是周白今晚硬要拖她来的理由。

身边的周白此时已经跟着其他姑娘一起叫到近乎晕厥了，季星滢侧过头看了周白一眼，总怕她下一秒就要倒地不起。

嘁。

女孩子看到帅哥的反应。

真是离谱。

四个男孩子上了舞台后各就各位，也不知道是不是被周白说多了，季星滢的目光也自动追随着最后落座在鼓架后的那个男孩子。

他的鼻子生得特别俊挺，嘴唇薄薄的，鸦羽般的睫毛低垂下来，又显得整个人的气质很安静。

确实很帅。

她在心里说。

是真的让人看得会心跳加速的那种帅。

就是可惜了。

不爱学习。

阳光男是他们这个乐队的主唱，他这时站在话筒前面，打了个手势示意台下的观众保持安静。

他的笑容很亲和，让人不由自主地就会想要去听他说话。

"各位老朋友、新朋友们，晚上好。"他说，"很高兴今天大家能来这儿为我们Four Sense乐队捧场，我先给大家介绍一下咱们的乐队啊！"

"我叫顾意，没错，就是'顾意'散发魅力的那个顾意。"顾意说着，冲台下的众人眨了眨眼睛。

一伙姑娘又叫疯了。

顾意这时转向身后："这位瘦得像猴似的是咱们的贝斯手王不易，三横王，不易就是生活不易的那个不易。"

王不易无语地咧了咧嘴，惹得观众们一阵笑。

"这位身材很可观，能力更可观的是咱们的吉他手许多，没错，就是你们想的那个许多。"

胖胖的许多憨憨地对着大家摆了摆手。

季星滢这时靠到周白的耳边说："他们这个团里的成员，名字都取得着实太不走心了。"

"可不是？"周白笑得不行，"现在就看看大帅哥的名字能不能更离谱了。"

"至于最后那位一脸别人欠他钱的帅哥鼓手，是暂时来乐队救火顶班一个月但却让咱们的人气直接升华了五个台阶的我的好基友。"

顾意冲着坐在架子鼓后面的男孩子抬了抬下巴，"他叫傅昼。"

傅昼听到自己被叫，视线从原本的低垂微微往上抬了抬，算是跟下面的观众打了个招呼。

周白满脸红晕："帅哥就是帅哥，就算他的名字像符咒，也不影响他帅得我腿软。"

季星滢："……我看你像是中了花痴的符咒。"

顾意介绍完了乐队，也没有再多说其他废话，直接开始了他们乐队的表演。

这个乐队的人虽然名字都很离谱，但实力却不容小觑。季星滢本来纯粹抱着陪周白来摸鱼的心态，但这么听着听着，竟然觉得他们整个乐队的表现力和张力都特别强。

顾意是吉他手兼主唱，他的嗓子非常好，清澈又透亮，轻轻松松地就能把场上的气氛推向高潮，王不易和许多的表演也很棒，音乐质感流畅。

至于傅昼，更是画龙点睛般的存在。

虽然她不想表现得如同周白那样上蹿下跳，但季星滢却不得不承认，在他们表演的时候，她的视线总是会不由自主地被坐在架子鼓后面的傅昼吸引过去。

他真的是那种天生就自带光芒的人。

只要往那儿随便一坐，所有的光仿佛都会自动朝他聚拢汇集过去，让他立刻成为全场的焦点。

这并不单单只是因为他出众的长相，更是因为他身上独特的气质。

而且一旦开始表演，他就变得和刚刚一进场那副没睡醒的慵懒模样完全不同。

在表演时，他浑身都随着音乐的节拍在轻轻地摇晃着，修长白皙的手握着鼓槌敲击，就像一个个会跳动的音符那样，速度快又不乱地依次落在鼓上。

如此往复，看得人眼花缭乱。

他穿着一件黑色T-shirt和黑色牛仔裤，手长腿长的坐在那儿，打的时间长了，还有薄薄的汗冒出来覆在他白皙的皮肤上。

就像一头睡饱后睁开眼的雄狮，浑身上下都带着侵略性和野性的美感。

而全场的气氛，在整场表演结束时傅昼一连串极快的击打后而被彻底推上高潮，他无意识地轻舔了下自己的嘴唇。

季星滢眼睁睁地看着她左手边一个小姐姐在尖叫后满脸潮红地软倒在同伴的肩膀上。

周白大喘了两口气儿，然后紧抓着她的手告诉她："季星滢，我现在立刻去问傅昼要微信号，你陪我去。"

她抓了抓脑袋："行，走吧。"

傅昼他们的表演结束后，还没来得及从后门离开，就被一帮姑娘直接给围堵住了。

顾意的身边被围了一圈，王不易和许多的身边也有零散的几个，至于最大的那一坨，全部都集中在了架子鼓的区域。

季星滢看着把傅昼里三层外三层围在当中的姑娘们，拍了拍周白的肩膀："首先，我觉得你打不过她们。其次，我觉得以傅昼那性子，今晚谁都拿不到他的微信号。所以，我劝你撤退。"

周白面无表情地看着她："我劝你善良。"

她指了指那一堆人："那我就在这儿等你，你试试看，能不能挤进去。"

周白咬着牙盯着那堆姑娘挣扎了一分钟，最后还是收回了快要迈出去的腿："算了，走吧，就这架势，可能等到明天天亮我都不一定能和他说上一句话。"

等两人走出酒吧，周白却又一把拉住了季星滢。

她愣了一下，回过头："怎么了？"

周白摇了摇头："咱俩今天这么美美的来一趟，你还特意为了我这周没回家，就这样回去我真是有点儿心有不甘。"

她看着周白："那你想怎么样？"

周白抬手一指酒吧的后门："咱们就等在那儿，等他们出来，他们总得出来吧，本姑娘非傅昼不要了。"

季星滢怔了一下，过了几秒，她冲着周白竖起了大拇指："感谢你，让我人生第一次体验了一回追星的感觉。"

周白拽着她的手臂拉着她走到酒吧后门的路灯下，龇牙咧嘴地冲着她摆了摆手："别客气。"

季星滢原本以为她们俩好歹也得等上好几个小时才能迎接这支"男团"离

开，但没想到的是，她和周白只在后门等了没超过十五分钟，后门就被打开了。

傅昼还是从里面第一个走出来的。

下了舞台，他的神情又恢复成了最开始的漠然慵懒，可当他抬头看到季星滢的时候，目光却微微闪烁了一下。

只是因为夜晚灯光昏暗，季星滢和周白都没有注意到。

走在后头的顾意这时还在和王不易他们说话："刚刚那妹子，太生猛了，要不是咱昼哥手上有鼓槌，那妹子一定得亲到他的脸。"

王不易摇了摇头："要不是阿昼发话，今天咱们得在里面被堵到半夜。"

许多腆着肚子笑："昼哥一出手，方圆百里生灵涂炭。"

"你们可拉倒吧，人堵的也不是你们，是阿昼，别往自己脸上贴金了。"顾意光顾着回头说话，却差点撞上前面的傅昼，"诶，阿昼，你怎么不走了？"

下一秒，就看到路灯下的季星滢和周白跟他们四个面面相觑。

前面的傅昼光杵着不吭声，顾意顺理成章就成了先和她们对话的那个人："啊，你们好，请问找我们有什么事儿吗？"

季星滢刚想让周白上去问傅昼要微信，就看到整天嘴上胡乱开飞机的周白此时此刻整个人都缩在了她的后面儿，连一句话都不敢说。

季星滢："……"

她沉默了两秒，只能咬着牙上前一步，对着傅昼他们说："你们好，我们也是J大的学生，我叫季星滢，我朋友叫周白，我俩都是经管系的。刚刚看了你们的演出，觉得你们特别棒。"

顾意笑得露出了一口白牙："谢谢，难怪不认识你们俩，原来是经管的。"

后面的许多和王不易也跟着插话，"谢谢美女小姐姐。"

季星滢说完客套话，便深吸了一口气，转向了自始至终没有开口说过话的傅昼："傅昼同学，抱歉，能问你要个微信号吗？"

顾意他们一听她这么说，脸上顿时露出了一种介于看好戏和遗憾之间的表情。

看好戏是因为这种戏码每天至少得上演十次、而对方往往最后都会败兴而归，但他们觉得遗憾的是，季星滢真的是个特别漂亮又有气质的小姐姐，傅昼连面对这样的美女都能坐怀不乱，他们都替他感到遗憾。

傅昼在她说话的时候，其实一直都在注视着她。

然后，在顾意他们以为他要和往常一样说出那个"不"字的时候，他们竟然听到傅昼从嘴里蹦了一个"嗯"字出来。

顾意&王不易&许多："嗯？"

季星滢也怔住了。

她真的觉得以傅昼的性格，他大概率会拒绝她，所以她刚刚完全是抱着随便问问被拒绝也没事的态度开的口。

下一秒，她就看到傅昼朝她伸出了一只手。

傅昼："手机。"

这么近距离地看，这人的脸是真的只能用完美无缺来形容，季星滢的心一跳，下意识就将手机解了锁而后递给了他。

他在她的手机上轻轻地点了点，递还给她的时候，他从唇缝里蹦了几个字："只给你的。"

季星滢收起手机，还以为自己是不是听错了："啊？"

傅昼扫了一眼她身后的周白，没再说什么，面无表情地侧了身，抬步离开了。

顾意他们几个对视了一眼，似笑非笑地和她以及周白道了别，也紧随其后走了。

等他们四个离开之后，周白一个箭步从她的身后窜到了她的身前，难掩激动地抓着她的手说："季星滢，恭喜你，你要脱单了！"

季星滢一脸懵地看着周白："你在说什么？"

周白大手一摆："你难道没发现我男神对你有兴趣吗？他竟然给了你微信号！而且还说是只给你一个人的啊！"

没等她说话，周白已经一巴掌直接拍在了她的肩膀上："你真的不用在意我！我也知道我是追不到傅昼的，所以我现在已经转移目标了，我觉得顾意也挺不错的！就这么定了，你去和傅昼谈恋爱，我去追顾意，咱俩一人一个，好姐妹美滋滋一起脱单！"

被莫名安排好的季星滢："？？？"

这位朋友，你是不是目标转移得有点太快了？上一分钟你还说非傅昼不要呢！

季星滢加了傅昼之后，那边的傅昼很快就通过了验证。

他的微信名字叫昼，头像是一只懒洋洋趴着晒太阳的猫，朋友圈里则没有任何内容。

一看就是极其冷淡的个性，和他表现出来的如出一辙。

等她和周白回到宿舍，周白拽着她来来回回说了半个小时让她好好和傅昼发展，还教她怎么样在微信上和傅昼聊骚，最后在她三番五次的推搡之下，周白才边嘴里哼着"姐妹泡帅哥就等于我泡了"边进浴室去洗澡了，留下她在椅子上坐着歇会儿刷刷微博。

不得不说，在刷微博的时候，她的脑海里却还是会时不时地晃过刚刚在醒酒吧里傅昼打鼓的时候的模样。

平心而论，她在意外貌的程度绝对不比周白她们，可能比起帅哥，她会对学习成绩好、智商高的男孩子更感兴趣一些。所以哪怕傅昼长得再帅，他这个"总逃课不来上学"的人设，应该也是不怎么对她胃口的。

但是也不知道为什么，一想到他那双漂亮的眼睛，她的心却莫名跳得比平时要快好多。

以傅昼的性格，她总觉得这个微信加了之后，是不会再有像周白所说的那些后文了，况且，她也不是那种会主动和别人开启话题聊天的人。

可是没想到的是，周日晚上她要睡觉之前，傅昼突然给她发来了一条微信。

看到"昼"的消息跳出来的时候，她还愣了一下，以为自己是不是看错了。

昼：课表给我看下。

她看到那几个字，犹豫了两秒，才给他回过去：我的课表？

昼：嗯。

她也不知道他一个不是他们经管系的人，为什么要来问她要课表，但出于道义，她还是把自己的课表发给了他。

然后……然后他就没再回消息过来了。

季星滢也没有太把这件事放在心上，周一她的课不是很多，早上的课上完之后，她回寝室睡了一个午觉，三点多和周白一起去上今天的最后一门高数课。

高数课的老师讲课比较学术派，在炎炎夏日的午后令人昏昏欲睡，就在她支着额头有点犯困的时候，她听到她身边的周白忽然发出了一声极低的倒抽气声。

她被这一声弄得有点惊醒过来，刚想问周白在抽什么风，忽然感觉到自己左手边的空位有个人坐了下来。

她侧头望过去，差点没发出一声和周白一样的倒抽气声。

是傅昼。

他今天穿了件白色T-shirt，头发似乎刚洗过，略有些蓬松，他从后门走进来，就这么长腿一曲，在她的身边坐了下来。

然后他后面跟着个顾意，坐在了周白旁边的那个空位置上。

这下，季星滢连一点睡意都没了。

他们俩是从教室后门进来的，而她们坐的位置在后排，所以听到动静的人不多，但在他们附近的那几个姑娘一看到傅昼，还是立刻神情激动地交头接耳起来。

顾意坐下后，压低了声音，对着已经满脸通红的周白和她笑着说："我和阿昼来蹭个课，欢迎吗？"

周白害羞地点了下头。

顾意望着周白，低声说："小周姑娘，请问你的书能借我一起看看吗？"

季星滢就看到她的好闺蜜兼好室友，根本都不和她商量，二话不说便推着课本和顾意凑一块儿去了。

……

重色轻友的女人，真的离谱！

而她旁边的那位祖宗，自打一坐下来，整个人就趴在了桌子上，像没骨头似的。

她现在算是明白为什么他昨天晚上会问她的课表了，但是她却很疑惑为什么这位自己惯常逃课的人非要拖着顾意来蹭她的课。

见傅昼趴在那儿不开口，她忍不住用笔帽轻轻地戳了戳他的手臂，压低嗓子说："你怎么来了？"

傅昼半张脸埋在臂弯里，过了几秒，才懒洋洋地道："本来早上就想来的，起不来。"

季星滢愣了一下，脱口而出："那你为啥不去上你自己的课？"

傅昼："我今天没课。"

顿了顿，他竟然还侧过脸，看着她，淡淡地补了一句："我喜欢听高数课。"

季星滢："……"

鬼才信你。

毕竟是在上课，她没再和傅昼多说什么闲话，开始尝试专心听课。

只是，要是她一个人还好，现在她一边有顾意和周白在那儿一直窃窃私语，一边又有一尊显眼到不行的大佛坐着，所以她哪怕再怎么努力，也会频频走神。

老师讲完例题，在黑板上写了一道提高题让大家自己演算，她拿着笔在笔记本上写了两行，觉得可以有更好的解法，便停了下来，深呼吸了一口气想重新整理一下思路。

就在这时，始终趴在她身边补觉的傅昼忽然支棱起了身体。

他什么话都没说，却轻轻地拿起了她放在桌子上的另一支黑色水笔，然后他把她面前的笔记本朝自己那边转了过去，低头开始写了起来。

他的字迹干净漂亮，甚至有些秀气，完全不像大多数男孩子那样粗犷。

不出一分钟，他就把笔记本推了回来，然后重新趴了回去。

季星滢都看傻眼了。

她扫了一眼只露出半个头的傅昼，再看了看自己笔记本上那几行简单又清晰的演算，随后抬起头去看老师在黑板上刚刚列下来的正确答案。

一模一样。

甚至傅昼的解法比老师的还少了两步，直接就跳到了答案。

她脸上的表情一瞬间有些凝固。

这道提高题，她估计教室里在座的人最多只有四分之一能够做出来，且应该也需要一些时间，可傅昼不仅做得非常快，还做对了。

可是他不是个老爱逃课的学渣吗？

还是真的如他自己所说，他喜欢高数，所以偏科，学得比较好？

她盯着那个毛茸茸的后脑勺，心里打了一个大大的问号。

等这节课结束之后，傅昼和顾意却还没有要离开的意思，顾意指了指离教学楼不远处的食堂，说："咱们一起去吃个晚饭怎么样？"

季星滢还没说话，周白这个见色忘义的女人就连连点头说"好"，她没办法，只能跟在他们俩身后。

傅昼也没说什么，步履松散地走在她的身边。

周白和顾意一进食堂，两个人便直接紧挨在一块儿去前面的窗口选菜了，她本来以为傅昼会去自己想去的窗口，结果一转头，就发现这位祖宗正亦步亦趋地跟在她的后面。

她看着他，顿了步子，有些迟疑地说："你想去哪个窗口？"

傅昼抬了抬眼皮，淡声说："你去的那个。"

季星滢一怔："我要去吃面，你吃么？"

傅昼："吃。"

两人到了卖面条的窗口，分别点了面，季星滢刚拿出饭卡，就听到后面的傅昼来了一句："你帮我刷下，我等会儿微信转给你。"

谁知等拿完面条回到座位，她打开微信，却发现傅昼给她转了比他实际应该给她的多好几倍的钱。

她忍不住转头问他："你给我转那么多干吗？"

傅昼拿起筷子，眼也不抬："我先提前充钱。"

季星滢一脸蒙："提前充钱？"

坐在他们对面的顾意这时似笑非笑地插嘴道："阿昼明天还想来陪你上课，顺便蹭你的饭。"

她还没来得及说话，就听到旁边的傅昼竟然跟着"嗯"了一声。

季星滢咬了咬唇："……你打算蹭几顿？"

傅昼挑了面条起来，不咸不淡地扔了三个字："没期限。"

她的心一跳，一时都不知道该怎么接话下去了，只能佯装没听到，低头吃面。

对面的周白和顾意看着他们俩，脸上的表情简直是眉飞色舞。

吃饭的途中，周白和顾意两个人相谈甚欢，她也从中了解到，顾意和傅昼两个人竟然都是工科生，傅昼学的还是核能。

这让她瞬间对他肃然起敬——学核能竟然还敢出勤率那么低！他考试的时候是想死吗？

她真的这辈子都从来没有见过像傅昼这种类型的"学渣"。

等吃完晚饭，顾意和傅昼把她们俩送回女生寝室楼才离开。

周白整个人已经完全陷入了爱河，在上楼的时候一直滔滔不绝在和她说自己和顾意有多投缘多合拍，还说顾意明天也还要来找她、陪她上课。

这还没完，周白一拐进寝室，立刻对小津和糖糖说："你们知道吗？我和星星都要脱单了！"

一听这话，小津和糖糖立刻燃起了熊熊八卦之魂，周白便大手一挥将整个故事的来龙去脉都给她们俩说了一遍。

这俩人一听直接疯了："怎么有那么好的事儿？你们去听了一次演出，一人捡回了一个男朋友？"

季星滢无力地对着她们连连摆手："你们别瞎说……白白和顾意是有戏，我和傅昼那朵高岭之花那是哪跟哪？"

"怎么没戏？"糖糖瞪大了眼睛，"他都主动来陪你上课了，还要无期限地蹭你的饭！就听白白说他的那个性子，对谁都生人勿近，可人家就只对你一个人这样！"

小津在旁边一拍大腿："季星滢，长成那样的帅哥你都不上，你在想什么呢！"

她摸了摸自己的脑袋："我可能更喜欢学霸？"

周白、糖糖、小津："……"

"傅昼确实挺帅的。"她咬了咬唇，"但……感觉他不是很爱学习，要是我俩真在一起了，我去图书馆学习，他在寝室里睡觉，我怕他觉得我很无聊。"

其他人没再说什么，只用那种暴殄天物的表情看着她。

季星滢确实是打心眼儿里觉得傅昼很帅，而且他那冷冰冰的性格她竟然也并不觉得讨厌，但她还是觉得他们俩可能不是一类人。

只是，她觉得归觉得，傅昼那边却还是雷打不动第二天又来陪她上课顺便蹭饭了——她听课，他睡觉。

他就这么一连陪她上了一个月的课。

他这么干的后遗症是，他们整个系的人都以为他们俩在谈恋爱，已经有好几个和她比较熟的同学来找她八卦过了，隔壁寝室的小田她们串门串得极其勤，就差住在她们寝室了。

这个消息很快越传越远，许多周六晚上去醒酒吧看傅昼的迷妹们也都知道了，她听周白说，妹子们都很伤心，但是听到傅昼的对象是她，又觉得输得心甘情愿，毕竟她也是他们大学赫赫有名的黄金单身系花加大学霸，确实很优秀。

季星滢向来不把这些传闻放在心上，况且傅昼虽然每天都来陪她上课，却也并没有开口真的对她说过什么，所以她其实摸不清他究竟在想什么，也只能随着他去了。

倒是周白，已经和顾意火速确定关系在一块儿了，两个人整天你侬我侬地黏糊着。更离谱的是，最近只要周白一回到宿舍，就会用一种意味深长的眼光看着她，看得她浑身发毛。

这天晚上，季星滢高中最要好的闺蜜朱璟璟给她打了个微信电话。

聊了几句，朱璟璟问她："星星，你明天要不要来我们学校玩？你都好久没来玩了吧，我们的食堂最近又开了几个新窗口，点心都特别好吃。"

朱璟璟的学校A大和J大一样，也是全国数一数二的高校，且离季星滢的学校不是特别远，她以前没事的时候总会过去找朱璟璟玩，算是对A大很熟悉了。

她在脑中过了一遍明天的课表，便一口答应了下来："行，我明天下午正好没什么课，中午过去找你。"

奇怪的是，每天都风雨无阻来陪她上课的傅昼第二天早上竟然没有出现。

她虽然心里有一些连她自己都不理解为什么的失落，但也不好意思发微信问他为什么不来——毕竟来不来找她都是他的事，她又不是他的谁，根本没有权利去干涉他。

中午到了A大之后，朱璟璟拉着她去食堂吃午饭，两人点了些好吃的港式点心坐下后，朱璟璟忽然神秘兮兮地开始和她讲八卦："诶，你记不记得我之前和你说过我们学校那个巨厉害的校草？"

季星滢心里想着一天没出现的傅昼，有些晃神地"嗯？"了一声。

朱璟璟："就是长得巨帅，学习成绩巨好，年年拿年级第一，但是不爱理人的那个，有印象没？"

就在朱璟璟话音刚落的当口，季星滢的手机忽然震了震。

她拿出来一看，发现是傅昼的消息。

昼：在哪？

她的心不由自主地紧了一下，几乎是抓着手机秒回：我在A大的食堂，找我朋友玩。

那边的傅昼没有再回过来。

这边的朱璟璟继续滔滔不绝："就咱们这位校草吧，大学三年都没谈过恋爱，什么样的妹子去给他表白他都拒绝了，一直到现在大四快毕业了，最近好像终于脱单了……咱们整个学校的妹子都哭疯了！"

她吃着嘴里的东西，顺着朱璟璟的话说："那你们这位校草的女朋友是何等奇人啊？"

朱璟璟一拍大腿："你问我，我也想知道啊！哦对了，听说好像是你们学校的！"

季星滢梗了一下："我们学校的？"

"是啊！咱们校草最近每周六去你们学校附近那个醒酒吧演出，估计是在那里勾搭上的吧。听说他演出的时候收获了好多新迷妹，所以痛哭流涕的人也更多了！"

"啊？"她一听这话，突然感觉哪里有点儿不太对劲，"你们校草……去醒酒吧演出？"

朱璟璟："嗯嗯！听说他是代班鼓手！"

……

代班鼓手？

季星滢的大脑有一瞬间的空白，她张了张嘴，看着朱璟璟，有点儿迟疑地说："你们校草……叫什么名字，长什么样？"

就在这个时候，她感觉朱璟璟的表情突然凝固住了。

非要形容的话，她感觉朱璟璟的两只眼睛都在发光，但是又在极力克制着自己的兴奋和激动。

过了好几秒，朱璟璟才深呼吸了一口气，语气颤抖地幽幽开口道："……他就在你身后。"

季星滢一转头。

好家伙，是傅昼。

他今天穿得非常正式，白衬衣黑西装的，衬得他整个人看上去比平时要更加英俊夺目。他就这样随随便便地站在那儿，整个食堂里的人的目光都立刻就被收拢过来了。

季星滢觉得自己平时还挺好使的大脑此刻变得一团浆糊，她就这么傻愣愣地看着出现在自己面前的傅昼，一时都不知道自己应该说些什么。

傅昼这时几步走到她的身边，他微微低垂着眼眸望着她，低声道："吃完了么？"

她侧头看了看盘里还剩一大半的点心，刚想说话，就听到对面的朱璟璟端起自己和她的盘子，转头就溜："她吃完了，昼哥你赶紧把她领走吧。"

季星滢："……"

傅昼似乎微微勾了下嘴角，他冲着朱璟璟点了点头，又对季星滢说："走吧。"

虽然她也不知道他要带自己去哪儿，但还是乖乖起身跟着他走了。

毕竟，他应该有不少事情要告诉她。

两人出了食堂，一路往A大的人工湖那边走。

她和傅昼认识至今，从未有过今天这样的气氛，她紧张得喉咙都有点儿发紧了。

就这么快要走到湖边的时候，她终于忍不住开口了："傅昼。"

他的步子在湖边停了下来，而后侧过头看着她："嗯。"

季星滢："你是A大的学生？"

他点了下头。

季星滢："你是不是我朋友口中那个学习成绩巨好、不爱搭理人的校草？"

傅昼："校草不知道是谁评的。"

季星滢："……你每回考试都考年级第一？"

他顿了两秒，又点了下头。

季星滢的声音越来越紧："你高数和大物考几分？"

她看到傅昼微微眯了下眼，她感觉他似乎是为了不让她难过，而不想回答这个问题。

她一手捏了捏自己的手心，咬牙切齿地说："你说吧，我能坚持得住。"

傅昼停顿了一秒："满分。"

季星滢想掐住自己的人中。

她还有一种自己被狠狠当猴耍的感觉。

可是，他确实也从来没有亲口说过他是他们学校的学生，从头到尾都只是其他人在猜测为什么大家从来没有在学校里见到过他，继而联想到他是不是总是翘课不爱学习。

难怪他能不费吹灰之力就解开她高数课上的提高题；难怪他没有他们学校的饭卡，要蹭她的饭卡，难怪他被传"缺勤率高"，难怪周白最近看她的眼神非常意味深长。

恐怕周白觉得她是个傻子——因为事实的真相是，人家压根就不是他们学校的学生，自然也不会出现在他们学校里。

而且，他哪里是她误以为的什么学渣，他可是闪闪发光站在金字塔顶端的学神啊！

她叹了口气："所以周白早就知道你是A大的学生了，也知道你是学霸，只有我一个人还被蒙在鼓里？"

"周白知道是因为顾意想看我好戏告诉她的，我不主动对你说，是因为我并不着急想对你证明什么，我相信你自己迟早会发现的。"

傅昼这时不徐不缓地开口，"我没有骗你，顾意和王不易是你们学校的，我和许多是A大的，我和顾意确实都是工科生，我念的也确实是核能系。"

"我们四个是高中同学，一直关系很好，我们还有另一个朋友是乐队的鼓手，那人最近在忙结婚的事，所以我才会去醒酒吧帮他顶班。"

"其实，他们之前叫了我好多次，让我和我朋友轮流去演出，我都没去。我虽然喜欢打鼓，但是懒得演出，周六周日我通常都在家里睡觉。"

没等她说话，他又接着说道，"但是在那次去酒吧顶班再次遇到你之后，我就觉得我去的很值得。"

季星滢看着在午后阳光下的他，感觉自己的脸颊有点儿发烫："再次？"

他望着她："你之前来过A大找你朋友，我在食堂和操场都见过你。"

季星滢："然后呢？"

"我一共见过你三次，你给我的感觉，和其他任何人都不一样，我本来想着第四次再见到你的时候，就去问你要微信，但是之后也不知道怎么的，就再也没有见到过你了。"

她歪头想了想："我确实有一段时间没来过A大了。"

傅昼这时敛了下眼眸："我也确实得感谢我那位朋友这段时间去忙结婚。"

他说话的语调冷冷的，却又带着点儿调侃的意思，惹得她不由自主地笑了起来。

"那你来我学校陪我上课，你自己的课怎么办？"虽然知道他是学神，但她还是不想让他因为她而影响到学业。

"我所有的课都在大三修完了，大四没课，工作的offer也已经拿到了，目前没有什么值得费心的事。"他说，"所以你不用担心，我现在有充分的时间，可以追我喜欢的女孩子。"

在"我喜欢的女孩子"那七个字，从他的嘴里说出来的时候，季星滢听到了自己耳边震耳欲聋的心跳声。

配合着暖融融的阳光以及他俊朗的模样，她觉得此刻的自己仿佛在梦中一般。

"只是我听说，我喜欢的女孩子因为觉得我是学渣，所以屡屡在做自我催眠退缩？"

也不知道是不是她的错觉，傅昼这几句话的调子里，竟然有点儿漫不经心的宠溺意味。

季星滢红着脸，嘴角一抽："傅昼，你可以不要再羞辱我了吗？"

她一想到自己之前整天觉得他是个学渣，还在周白他们面前说他学习不好、以后他们俩谈恋爱了也没有共同话题之类的话，就想活活掐死自己。

对上他那光芒万丈的履历背景，她才是那个应该被嫌弃的学渣好吧！

傅昼看着她懊恼不已的样子，忍不住笑出了声："难怪是J大最难追的女神，要求是真的挺高。"

"我那不是要求高，"她不满地噘了噘嘴，"我只是一直都没遇到自己真的心动喜欢的人。"

"嗯，我知道。"

他这时轻轻地抬起了一只手，用手指勾了下她脸颊边的碎发，"我早就看出来了，即便我是个学渣，你也还是挺喜欢我的。"

他那上翘的尾音和他指间的温度，惹得她的整颗心都痒痒的。

也不知道他是怎么发现的。

其实，当她第一次在醒酒吧看到他的时候，她就已经有了怦然心动的感觉。

那是她之前对任何想要靠近她、或者她遇到过的男孩子，都从来没有过的感觉。

他就像是一颗昼行闪耀的流星，在她的世界中轰然出现，只用了一闪而过的工夫，便点亮了她头顶的整个天空。

从此以后，她的世界都因为他，而变得光芒万丈。

"今天没有来陪你上课，是因为我早上在学校做了优秀学生代表发言。"

他的语调拖得慢慢的，又很温柔，一点儿都不像他平时对着其他人时的冷淡模样，"本来想换回休闲的衣服，但是后来又想着，或许不换你看着会更着迷一些，然后就一口答应做我的女朋友了。"

季星滢红着脸看着他，忍不住小声嘀咕了两个字："臭美。"

傅昼将她的话听得一清二楚，这时他勾了下嘴角，朝她伸出了手，而后浅笑着低声对她说："怎么办，现在全校都在传我大学四年到了快毕业终于要脱单了。”

“……所以？”

“所以，小星星，请问你介意让这个传言变真吗？”

（完）

第三夜

《丘比特的飞行日记》

至此，他一个人的守望终于宣告结束。
今后一生的人世繁华，都会由他们并肩欣赏。

丘辛拎着包推开家门，家里还是漆黑一片。

她拿出手机看了一眼时间，居然已经快要凌晨了。

她打开灯，偌大的家里空荡荡的，看上去半点人味都没有，她扔下包，往沙发上一靠，揉了揉太阳穴。

手架在沙发上的时候好像摸到了什么东西，她睁开眼，拎起手里的东西——嗯，是件男士衬衣，再拿近一些，她忽然闻到了点不同的味道。

像是……女人的香水味。

而她，很少会喷这么浓烈的香水，应该说，她根本不爱喷香水。

这件有着女人香水味的衬衣仿佛是压倒骆驼的最后一根稻草，她麻木的脸如同出现了一丝裂缝，她盯着那件衬衣再看了两秒，忽然就爆发了，把衬衣往地上一扔，从沙发上跳起来就往卧室走。

大概短短十分钟左右她就理完了行李，然后她站在客厅里，拿出手机，从微信里找出了一个人，直接拨了微信语音。

她握着手机贴在耳边，听着手机里从电话那头传来了一个低沉又有磁性的男人嗓音。

她一时还没有反应过来，对方很快又轻轻叫了她一声："丘丘。"

那嗓音里有三分笑意，七分慵懒和诱人，听得她终于回过神，"嗯"了一声。

"那个，你在忙吗？苏黎世现在应该是下午接近傍晚左右？"她的眼珠子有些心虚地转来转去，握着手机的手有些用力，手指关节都发白了。

对方听完她的话，温和地说道："我在补觉。"

"噢噢，"她想到他的工作性质，估计又是刚飞了几趟长途，有些于心不忍，"那个，要不你继续睡？抱歉打扰到你了……"

对方没接话，却转而笑了一声："苏黎世现在气候很好，很适合来游玩。"

她呼吸一滞。

"接下去的几天我可以向上级申请休假，虽然有些突然，但我想还是会被批准的……"他嗓音里的笑意越来越浓，"最近的一班从T市飞苏黎世的直达航班是在9个小时后，我会去机场接你。"

她差点忘了他是个多么多么聪明的人。

"签证你应该有吧？"

她动了动唇："刚签出来。"

其实早在半年前，她就已经悄悄签好了申根签证，这本有着申根签证的护照一直躺在她床头柜的第一个抽屉里，她有好几次都已经拿出来，却又放了回去。

"我说过，任何时候，只要你想来，我都会在这里等你，"他温柔的嗓音打碎了她心里的最后一道防线，"丘丘，我会让你忘记所有的不开心。"

丘辛的眼眶红红的，终于松开了咬紧嘴唇的牙齿："井燃，明天见。"

"明天见。"

虽然在飞机上她尽力睡了一会，但下飞机时多少还是有些神色憔悴。

等行李的时候井燃已经发来了微信，说只要她拿着行李一出去就可以看到他。

她看完这条微信，便把手机直接关机了，扔回包里。

拖着行李往外走，她一眼就看到人群中站着的井燃。

不仅是她，她看到身边来往的人，都会不由自主地把目光朝他的身上瞟过去。

毕竟无论放在哪里，他都实在是有些过于引人注目——接近一米九的个头，精壮的身材，以及那张英俊的混血面容，她想起以前上高中那会，整个学校三分之二的女生都对他心存爱慕，还有女生喜欢他到天天蹲点在教室门口看他。

井燃很快也捕捉到了她的身影，勾起了嘴角的笑，大步朝她走过来，自然地接过她手里的行李。

"累了吧？"他说。

她摸了摸自己这张不仅素颜还经历了十多小时飞行的隔夜脸，再对比一下他这张随时可以上T台的脸，也放弃挣扎了："嗯，还饿。"

他笑意更浓："车上备着你喜欢吃的面包，等会到家给你做你喜欢吃的面条。"

她点点头，听到"到家"这两个字后，一怔："住你家吗？"

她以为他会帮她在他家附近就近定个酒店之类的，她走前也可以把钱转给他。

井燃拖着行李，脚步不停："住我家方便。"

她抬头看了一眼他的侧脸，沉寂已久的心脏开始咚咚直跳。

上了井燃的车，丘辛啃着面包，目光静静地落在车窗外苏黎世的风景上。

这个城市对她来说应该是除去T市外她最为熟悉的地方，毕竟她高中整整三年都在这里学习生活，不仅如此，当时她和井燃几乎利用了课余休息的时间，走过了这个城市绝大部分的角落。

她没说话，井燃也不催促她，直到车子遇到红灯停下来的时候，他忽然悄悄朝她凑近一些，从她背后指了指车窗外的一家店。

"还记得吗？以前你总是喜欢去吃那店的冰淇淋。"

他说话的时候，有热热的呼吸呵在她的脖颈后，弄得她有点微微的发痒。

"过了这么久居然还开着呢？"她轻声说。

"明天就带你去吃，好不好？"

"嗯。"

丘辛听着他带着笑意的嗓音，脸上有些发热，也没好意思回头。

井燃把她有些发红的侧脸和耳根尽收眼底，此时不动声色地坐直了身子开车，嘴角的笑意却愈来愈大。

这是她久别苏黎世后第一次回来，也是她头一次来他的新家。

"你爸妈也住在这里吗？"下了车，她看着这栋处于优美环境中的屋子，问道。

"他们住在你以前去过的那套房子里，这儿是我近期新买下来自己住的，"他搬下她的行李朝屋子里走，"有客房和独立卫浴，你可以随便用。"

她咬了咬唇，望着他的背影，心里思考着他是不是一早就已经想好要让她住在他家里的？

"先去洗个澡吧，"他把她的行李搬到客房，然后将袖管轻轻挽起，"我去给你做面条。"

她点了点头："谢谢，辛苦你了。"

井燃听到这句话后怔了一下，然后抬起手揉了揉她的头发："跟我不需要客气。"

洗完澡后，她在浴室里找不着吹风机，索性也就不高兴吹了，拿毛巾一边擦头发，一边踩着拖鞋顺着香味去开放式厨房围观帅哥下厨。

井燃一手插在兜里，一手操作面条，还有闲心去看一眼手机，放个音乐，所有动作一气呵成，她看着他英俊的侧脸，不禁想起以前高中放暑假的时候，他趁他爸爸妈妈去工作，偷偷把她带到家里给她下厨。

那时候他才十七八岁，却已经烧得一手好菜，各种国家的料理几乎都涉猎一二，她一个暑假下来硬生生被喂胖了几斤。

然后每次等把她喂得饱饱的，他就把她抱到腿上，反反复复地把她亲得嘴唇也肿了才肯罢休。

她挥着拳头朝他抱怨嘴都被亲麻了，他却说："我好不容易费老大劲把我的小猪给喂饱了，我自己就不能咬小猪两口过过嘴瘾吗？"

丘辛无力反驳，毕竟，哪个女孩子能真的对着这张脸动气呢？

她觉得自己这辈子做过后悔的事情的确不少，可唯一没有后悔过的，应该就是把自己一辈子只有一次的初恋给了井燃。

他可对她太好了。

她每次想起他为她下厨，给她系鞋带，带她去玩，陪她写作业，给她买好吃的……她时常都会觉得世界上怎么会有人可以对她这么好呢？不计任何回报，也不会让她缺乏一点点的安全感，只要待在他的身边，她就不会有一丝不开心的念头。

她想得太入神，连他已经关了火，把面条装进盘子放在桌上都没有注意到。

"丘丘？"直到他走到她身边，低低叫了她一声，她才回过神来。

"你还是老毛病，"他示意她坐下来，"没事就爱发呆，就算旁边有人在玩胸口碎大石你都岿然不动。"

她噘了撇嘴，拿起叉子："哼。"

"好吃吗？"他只给她做了面条，自己则在她对面坐着喝水。

"好吃哭了。"她用叉子卷着面条拼命往嘴里塞，连话都不想说了。

井燃看着她大快朵颐，突然冷不丁地道："你瘦了很多，脸色也不好看。"

她一怔，低着头含糊地说："设计狗的悲惨人生呗。"

"以前念书的时候再忙再累你也不会这么瘦，"他云淡风轻地说，"我当时把你照顾得连光喝水都会胖。"

丘辛的心尖疼了疼，咧开嘴朝他笑："从你以后再也不会有人这样照顾我啦。"

他看着她的笑容，英俊的脸却以肉眼可见的速度沉了下来，他似乎想要说什么，可是忍了忍，最终还是什么都没有说，也什么都没有问。

等她吃完饭，两个人窝在沙发上一起看电视。

屋子里暖洋洋的，完全不会觉得冷，她抱着抱枕靠在沙发上，两腿盘起来，完全像在自己家里一样舒适随便。

看了一会电视，她发现身边的人有些异样的沉默，于是转过身去，抬起手戳了戳井燃的脸颊。

他转了脸，好看的眸子静静望着她。

"你别生气啦，"她说，"我已经过得够惨了，好不容易可以逃过来找你几天，我都没跟我老板请假，估计一回去就要被炒鱿鱼了……"

"被炒鱿鱼我养你，"虽然这话听上去很好听，可他说话的语气却冷飕飕的，完全破坏了语境，"我还养不起你吗？"

她的心一紧："养得起养得起，机长大人万岁，但是不是说好只要我过来你就让我忘记所有不开心的吗？"

他动了动唇："是。"

"那你还给我摆臭脸，"她朝他撒娇，"笑一笑嘛。"

他闭了闭眼："我笑不出来。"

丘辛看了他一会，突然伸出手钩住他的脖子，凑近他的脸颊，贴在他的耳边说："那这样呢？"

他的喉结上下翻滚了一下，克制地看着前方："丘丘，你别这样。"

"你有女朋友吗？"她歪着头。

他深深呼吸了一口气："你知道我没有。"

末了，他还补充了一句："也不可能有。"

她听得心里既酸楚又泛甜，最后贴在他的耳边亲了一下他的耳朵，又挪到他的脸颊上亲了一下。

井燃炸了。

他拿起遥控器把电视机一关，转而把她整个人往沙发上一压，居高临下地看着她，薄唇抿成了一条直线："你到底把我当什么了？备胎？"

他虽然看上去很生气，可她却一点都没觉得害怕，任由他压着，摇了摇头："我知道我这样做很不好，可是既然我来到了这里，只有你和我，我觉得我做什么都没有关系。"

"你知道我是个胆小的废包，可是在你面前，做任何事情我都不会有顾虑，我不会怕你不喜欢我，也不会怕你离开我。"她说着这些，目光有些空落落的，"井燃，如果你再不要我，我就真的什么都没有了。"

他听着她的话，急促的呼吸慢慢平复了下来。

过了半晌，他咬牙切齿地说："丘辛，你可真不是东西。"

"是啊！"她的目光里渐渐浮出了细碎的星光，"我知道你喜欢我喜欢得要命，所以我为所欲为，无法无天。"

他咬着牙，一拳砸在沙发靠背上，然后把她整个人捞起来抱在怀里："你吃了我那么多饭，欺骗了我这么多年的感情，你拿什么来还？"

她望着他想了一会，解开了自己的睡衣外套。

洗完澡出来丘辛的眼圈红红的，井燃把她抱到床上给她裹好被子，自己也躺到了她身边。

"你还说要让我睡客卧呢。"她趴在他主卧的大床上说。

井燃把自己的头发往后扒了扒："你还敢说？"

她自知理亏，把半张脸埋在被子里，半闭着眼睛说："因为我实在太想你了嘛。"

井燃盯着她看了老半天没出声，忽然冷不丁地说："想我，为什么当初要离开我，还要去和别的男人订婚。"

这话说完好一会，却一直没有收到她的回答，他看着她安静的睡颜重重叹了口气，给她掖好被子，搂着她也入睡了。

而被他搂着的丘辛其实并没有睡着，她闭着眼睛，心里又酸又痛，却又强忍着不能做出任何反应。

她是在高三毕业后的那个暑假彻底离开苏黎世的。

她当时和井燃双双考进理想的学校，连大学录取通知书都拿到了，却因为她爸妈要回国经商让她立刻换国内的学校，她据理力争说要独自留在苏黎世继续读大学工作，甚至可以不需要他们的经济支援，却被一口否决，因为他们需要她回国，去和经商伙伴的儿子相亲。

他们需要对方的财团，需要对方的资源，而女儿的意愿和这些利益相比，对他们来说实在是太不值一提了。

她爸妈知道她在和井燃谈恋爱，但还是要棒打鸳鸯——因为井燃单纯的家庭背景无法给他们带来任何的利益。

是的，都二十一世纪了，还有人搞包办婚姻这一套。

那个夏天，她人生头一次看到井燃这个高大又无坚不摧的男生在她的面前泪流满面。

为了不让她爸妈看到，他们俩只能站在她家附近一条小路的尽头见面。

她根本不敢抬头看他的脸，只能低着头对他重复三个字。

"对不起。"

可是对不起有用吗？他们那么多次说好要在一起一辈子，他甚至都已经告诉她以后要努力工作，给她在苏黎世最漂亮的地方买一栋房子，天天给她拍好看的照片，而现在，她必须得抛下他，抛下他们所有对未来的梦想和期待。

年少时候那么单纯、那么相信她的男孩子，就这样被伤害得体无完肤，她亲手碾碎了他的梦，也碾碎了他的心。

道歉道到最后，她自己也哭了，觉得大概井燃一辈子都不想再搭理她了，谁知道对面的少年伸手就把她重重地抱进怀里，亲了亲她的头发。

他抹掉了自己脸上的眼泪，红着眼睛对她说了离别前的最后一句话。

"只要你回来，我一直都在这里。"

最开始回国后，她实在是想念井燃，偷偷跑回苏黎世找过他好几次，后来不小心被她爸妈发现，不仅把她的护照拿走，还停了她的信用卡，她试图反抗过，但还是拗不过她爸妈，她爸妈甚至发狠话，如果她再想回苏黎世找井燃，就和她断绝亲子关系。

再后来，她渐渐麻木了，也放弃了，被她爸妈按着头去见相亲对象。

那个男孩子是个典型的富二代，长得帅，却也是个花花公子，最开始遇到她之后拼命追求她，她虽然不是很喜欢，但对方看上去一副返璞归真的样子，说了一大堆什么她是真爱，从此以后一定会收心做个好丈夫之类。她居然还信了，开始慢慢接受——反正不是和井燃，和哪个男的都一样，她的命就是如此了。

等真的和对方确定了关系，甚至订婚了，对方的本性才彻底暴露出来。

狗改不了吃屎。

什么忠贞不二，同居的隔天就被她发现有女人发来暧昧微信，她一开始当没看到，苦心埋首工作，后来对方愈演愈烈，直接脖子上带着女人的口红印回家。

她爆发了，那男人却仿佛一脸"你三岁吗"的表情看着她。

"我的确是只爱你一个，也只会跟你结婚，但我也需要找更年轻鲜活的身体来填补空虚。再说了，你结婚前又不让我碰你，你怪我咯？"

她都被气笑了。

丘辛一直在思考该怎么彻底摆脱这桩恶心的婚事，但她爸妈滴水不进，明知那未婚夫在外花天酒地，也睁眼当作没看到，她又忍了两个月，自己悄悄用早拿回来的护照办完了申根签证，只寻求一个爆发点彻底揭竿起义。

终于，前天晚上被她等到了，那男人白天带了女人回家在她的床上翻云覆雨，顺便留了一件香水衬衫给她当作纪念礼物。

于是她龙卷风一样卷到了苏黎世。

第二天早上，等丘辛半梦半醒伸手一摸旁边的床铺，发现早已经没了人影。

她揉了揉眼，撑起身子看一眼床头柜上的钟，老天爷，居然已经快中午12点了。

旅途操劳加上另一种操劳，直接让她睡了将近十二个小时，她睡眼惺忪地从床上爬起来，从他的柜子里随手拿了一件短袖套上，晃悠到了客厅去。

井燃也不在客厅，她在偌大的房子里寻了一圈都没见他人影，才走到了屋子后面的小花园。

然后就发现，咱们伟大的机长大人，正认真地蹲在地上浇花。

小花园里养了不少绿植，一派郁郁葱葱的景象，不知道的还以为来到了花棚，她抱着手臂靠在门边看了老半天，他都没发现。

"不知道的还以为你是老花农呢。"终于，她忍不住从后噎了他一句。

井燃这才抬起头，看到她之后，目光在她的身上打了一会转。

这时她走过去，伸出手臂勾住他的脖颈，撒娇道："我饿了。"

他拿她没办法，没好气地拍了拍把她揽怀里，回厨房给她弄吃的去了。

吃好午饭两人一合计出了门。

其实丘辛对这个地方实在是太熟悉了，哪儿的东西好吃哪儿的东西好逛哪里好看她都知道，她本来就不是来旅游的，所以就拖着井燃漫无目的地在大街上胡乱走。

想看的东西进店看两眼，想吃了随手买了吃，累了就停下来歇一会。

他对她的好脾气自然是不用说，指哪打哪，而且总比她先一步知道她到底想干什么。

"你是不是在我心上装了窃听器啊？"等他给她买了冰淇淋回来，她终于忍不住开口问道，"你比我的蛔虫还要懂我。"

他把冰淇淋递给她，斜睨她："亲手养大的，还能不知道吗？"

丘辛笑着把冰淇淋递到他嘴边让他也尝一口。

两人走到一个街心公园，迎面遇上一对头发花白的外国老夫妻，两人朝他们打了个招呼，老奶奶对他们笑着说："你们俩看上去感情真好。"

"是啊，"老爷爷在旁边搭腔，"让我想起了我和我太太年轻时刚结婚的样子。"

很久以前丘辛和井燃还在高中早恋的时候，他俩有过这样一段对话，彼时井燃帅得方圆百里的姑娘都能给吸过来，看谁谁毙命，她心里既吃味又得意地嘲笑他："你现在这么帅有什么用，几十年后不也还是个白头老爷爷吗？"

井燃微微一笑露出白齿，抓着她的手笑道："是啊，可我是你的帅老爷爷，还是和别的老爷爷不一样的。"

老夫妻的话让丘辛听得下意识心里泛甜，但反应过来又觉得哪里不对，转过头去瞅身边的井燃，他虽然眉眼都是笑着的，可眼底的阴霾却还是在那，甚至更严重了。

感情好的确是好，无论过了多久都还是好得像连体婴，是她却连一个明明白白的名分都没给他，而且还触到了他最痛的地方——他们哪里是刚结婚，她分明还和其他男人有着婚约。

她心里积攒着的愧疚和酸涩从昨晚开始延续到现在愈加沉重，仿佛即将到达一个爆发的临界点，她并不知道那个临界点意味着什么，她只知道她一点都不想再看到井燃这样的表情。

告别老夫妻之后，两个人在街心公园的长椅上沉默地坐了一会，她吃完手里的冰淇淋，伸出手攥住他的衣角。

"怎么了？"他似乎在想着心事，低声问道。

"我想回去了。"她说。

"不再逛一会吗？"他有些意外，看了眼手表，"时间还早，天都还没彻底暗下来。"

"我知道，"她看着他的眼睛，"这个城市我已经看得够多了，我想多看看你。"

井燃听得一怔，半晌，他的眼睛里仿佛有一簇小火苗亮了一下，然后笑了。

丘辛用两只手轻轻地掰扯他的眼角和嘴角："多笑笑啊，你笑起来最好看了，我最喜欢看你笑。"

井燃听了她的话后有一瞬的停顿，然后他看着她的眼睛说："只要你待在这里，待在我的身边，我才会一直笑。"

丘辛的心又再次痛了一下，然后她选择了沉默。

回到家后，井燃去洗澡，丘辛则拿出自从到了苏黎世就没有开过机的手机。

手机打开后，很快就进来了数不清条的微信，并且许多条都来自于同样的几个人，她未婚夫，她爸妈，可她却一条都没有点开看。

她只点进了她老板的微信对话框，在她老板发的那条"连着两天没来你是生病了吗？要紧吗？"下面，回了这么一句：

"我没生病，老板，我要辞职了，等我回来给你正式递辞呈做交接，抱歉。"

发完这条，她退出了微信，定了两天后回国的机票。

做完这些，她把手机重新关机，然后慢慢地走去浴室。

井燃已经洗完了澡，正站在镜子前吹头发，她走到他的身后，从后轻轻地环抱住了他。

很奇怪，在这个世界上，只有她抱着这个人的时候，才会觉得真正的安全和踏实。

很明显能感觉到井燃的身体有一瞬间的紧绷，但很快又放松下来。

一直等他吹完头发，他放下了吹风机，把她整个人捞到自己面前来。

"井燃。"她看着他，一字一句地说，"我要回去了。"

井燃的脸色以肉眼可见的速度僵住了。

僵了两秒后，他整张脸都黑了，一贯温柔注视着她的眼眸里没有半点感情，冲着她说："你刚刚说什么？"

丘辛也不害怕，看着他的眼睛重复了一遍："我说我要回去了。"

他说："回哪去？"

"T市。"

他浑身上下的肌肉都是紧绷的，下一秒，他把她抱着他的两条手臂都甩开，一下子把她从自己的面前推走。

骇人的沉默后，他冷笑了一声，指着她说："丘辛，我真的想掐死你。"

"我知道你想掐死我，"她耸了耸肩，"但是哪怕我留在这里，留在你身边时间再久，天天跟你腻在一起，我最后还是都得回去的，你知道这个事实，我们都是成年人，没必要在这里自欺欺人做扮家家的梦。"

他环着手臂看着她的脸，目光里是漫天的绝望和麻木："你怎么可以那么残忍。"

他很多次一个人在苏黎世的时候，都想着，自己该放下她了，这世界上不是没有别的姑娘，哪怕他不想和谁谈恋爱，也应该试着把自己的心放到别的地方去。

可是每次，只要她给他一条微信，只要她来一通电话，只要她朝他释放出一丁点的讯号，无论他在干什么，无论他和谁在一起，他都会头也不回地就跑向她，等待她。

这个世界上为什么会有爱情这种东西呢？只要这个人一天存在在他的世界里，他就无法忘记这个人，无法爱上任何其他人。

哪怕他的真心被一次又一次的作践，换来了一次又一次的离开和抛弃。

她从来没听到他对她说过这么难听的话，应该是气极了，她心里也一阵阵的抽痛，有些话到了嘴边已经想要脱口而出，可最终还是换了一句话。

"我该把你的心彻底还给你了。"她摸了摸自己的手臂，"井燃，你也该再次出发了。"

井燃一动不动地再看了她几秒，然后大步从她的身边经过出了浴室："我需不需要出发，你没有资格评价。"

她痛得整颗心都搅在了一起，跟着他出了浴室，对着他的背影轻声说："我两天后走。"

他从衣柜里拿上衣服穿上后，取了一旁的钥匙和手机，仿佛根本没有听她在说什么，头也不回地就离开了这间房子。

屋子大门合上的巨响落下后，屋子里又静得一点声音都没有。

丘辛光着身子站在原地看着这扇门，完全不觉得冷，她默默听着门外车子发动和绝尘而去的声音，半晌，抬起手摸了摸自己的眼角。

她摸到了一些水渍。

一连两天，丘辛都一个人住在这栋偌大的房子里。

井燃那天晚上离开后就再也没有回来过，她大多数时候都在睡觉，偶尔会出门去买一些东西回来自己下厨吃，还有一些时间在院子里帮他照顾花花草草。

这相当于是与世隔绝的生活，她不和任何人说话，不看任何的新闻讯息，把自己封锁在这栋屋子里，沉浸在只有她一个人的宁静当中。

她本以为直到她彻底离开的那天他都不会回来，可走的那天早上当她醒过来之后，她躺在床上，看到了一个穿着机长制服的人正坐在客厅的沙发上看报纸。

丘辛一时以为自己是不是还在做梦，她揉了揉眼睛，用力地掐了自己几下，觉得很痛，然后下了床，木然地走到客厅里。

穿着一身机长制服的井燃坐在沙发上，两条长腿交叠着，侧脸的线条在阳光的照射下显得十分柔和，可他一听到她的动静朝她看过来，脸上的柔和就完全消失了。

"你回来了。"她看着他被这身衣服衬得愈发英俊耀眼的脸，心里不自觉地漏了两拍。

她好像是头一次看到他穿制服，虽然他俩还在吵架，但她不得不说一句这个制服诱惑可真绝了！

制服诱惑本人却没吭声，又转过头继续看报纸。

她讨了个没趣，灰溜溜地回浴室洗漱穿衣服，等出来的时候，她发现餐桌上放着一个三明治和一杯牛奶。

她走到餐桌边坐下来，看了一眼还在沙发上看报纸的井燃："这是给我的吗？"

他头也不回地"嗯"了一声。

她拿起三明治，心里觉得挺难过的，但又没由来地有些高兴——毕竟他都气成这样了，居然还愿意给她弄早餐。

吃完了早饭，她从房间里把行李箱拖出来，就看到他拿着车钥匙站在门口。

丘辛心里一动，走上前："你是要送我去机场吗？"

他冷冰冰地抬步走向车子："我去工作。"

"你难道是我回去的那班航班的机长吗？"她眼睛都亮了。

他没说话，把她的行李箱放进后备箱，她清清楚楚地看到她的箱子旁边还躺着个大箱子。

他肯定是她回去那班飞机的机长！

上了车，她坐在副驾驶座上系好安全带，眨巴着眼睛瞅着他，声音里有一丝委屈："你前两天到底去干什么了啊？都不回家……"

井燃戴着墨镜开车，薄唇轻启："和你无关。"

她被噎了一口，看着他的侧脸，不屑地挑了挑眉："切。"

他冷笑了一声。

到了机场，他把车子停进地下车库，熄了火下车拿行李。

等两人快要走到电梯的时候，井燃抬步就准备往工作人员的电梯走，丘辛一看他的方向和自己的不一样，立刻拉住了他的手："你等等。"

他转过头，一脸"你有事吗"的表情。

她虽然知道他被她气得半死不活根本不想听她说话，但还是觍着脸攥着他的手不让他走："你就这么走啦？机长大人，等会开飞机辛苦你啦，要不要我再给你一个么么哒。"

井燃没说话，抿着一张薄唇看着她想搞什么花样。

他皮笑肉不笑地盯着她，半晌终于从牙缝里冒了一个"我谢谢你"出来。

"来嘛，再亲一下再走，别那么绝情呗。"

井燃冷笑了一声，臭着脸把她的手掰开："别胡闹了，我不能迟到。"

"哎哟，别这样，再亲一下，我来亲你总行了吧。"她完全不理会他的拒绝，突然以迅雷不及掩耳的速度跳到他身边，踮起脚在他的嘴唇上留下了吧唧一吻。

亲完后她又回到了自己的箱子旁边，微微笑着瞅着他。

他似乎像是感觉到了什么，换下了刚刚的黑脸，目光深深地望着她，突然开口道："你这是在跟我永别吗？"

"不是，"丘辛状似疑惑地摇了摇头，"为什么是永别？"

他又盯了她一会，良久，他的声音又再次低了下来："你这次……应该不会再回来了吧？"

哪怕他伪装得再好，她还是能一眼就看透他眼底深处的灰暗……从以前就是这样，每次当她要离开他、回国的时候，他都会流露出这样的表情。

往往惯常离开的那个人，根本就不明白一直等候着自己的人究竟是怀抱着怎么样落寞和痛苦的心情。

因为他在等着的这个人，他不知道对方什么时候才会回来，还会不会回来。

那是一种无尽的折磨。

而井燃，在这样的痛苦里，已经沉溺了很多很多年。

丘辛的心痛得完全揪在了一起，她用力地把自己眼眶里快要浮上来的热泪憋回去，朝他露出了一个坚定的笑容："我会的，我一定会回来的，井燃，你要等我。"

他和她对视了几秒，半晌，他抬起手飞快地拭去了自己眼角的一抹红，然后决然地转身离开。

"我不相信你。"

这是他们在苏黎世的最后一句对话。

井燃头也不回地走了之后，丘辛看着他消失的地方驻足了半晌，脸上的笑容也一分一分地消退下去。

她垂下眸子，独自拖着箱子进了客用电梯上楼登机。

飞机起飞前，她目光空空落落地盯着窗外看了一会，不免有些自嘲地笑了笑。

每次来苏黎世，她总是一个人来，一个人走，来的时候带着对井燃的思念，走的时候又总是带着他的失望和痛苦。

她是在反复折磨他，那她又何尝不是在折磨自己？

她多么希望她能把他带回去，亦或者，他能把她永远留在苏黎世、让她能够逃离那个牢笼。

他一定不知道，她有多么不想和他分开，从表面上看起来好像是他爱得更深更殷切，她总是能随随便便就把他撇下、随随便便玩弄他的情感，可是她对他的感情，其实比这世界上最深沉的酒都要醇厚。

可是他一定不会这么觉得吧？到了这一刻，她想，他应该再也不会等她了。

这个总是对她露出温柔的笑意、浑身上下都透着温暖和善意的男人，这个把她捧在手心里疼惜和宠爱的男人，应该再也不会默默地像个傻瓜一样在原地等着她了，一个人要有多么深的爱和耐心，才会用这么多年的时间和青春在原地驻足等着一个可能永远不会再回来的人呢？

如果是她，她也不会再等了。

丘辛已经记不得她是什么时候睡着的了，她只记得她一个人在头等舱的座位上哭得肝肠寸断，哭得旁边的客人和空姐都有些于心不忍，她哭着哭着，在飞机的轰鸣声中闭上了眼睛。

半梦半醒之间，她感觉有个人在她的身边蹲了下来，那人好像给她盖上了毯子，还帮她细心地掖好了毯角。

然后，那个人轻轻地牵起她的手，用嘴唇触了触她的手背，再把她的手放回了毯子下面。

像王子亲吻公主那样认真又虔诚。

"小骗子，我再最后相信你一次。"

她好像听到有个熟悉的声音，在她的耳边如此耳语道。

等她彻底醒来的时候，飞机航行的过程已经过半，她揉了揉红肿的眼睛，动了下身体，身上的毯子便轻轻滑落了下来。

她一怔，看着这条她本来没有盖在身上的毯子，不禁有些怀疑，难道她在梦里感觉到的那些都是真的吗？那么那个温柔的王子又是谁呢？

应该不会是井燃吧？他明明应该在机长驾驶室开飞机啊？

再多的疑问都没能得到解答，飞机很快在几个小时之后平安地降落在了T市国际机场，下飞机后丘辛的神色和刚才在飞机上时截然不同，好像多了一丝从骨子里冒出来的狠劲。

她在等行李的时候发了两条微信，内容一致：我一个小时之后到家，有话要谈。

到家之后，她刚用钥匙打开门，就看到沙发上坐着三个人。

"你是不是疯了丘辛？！"她一进屋，就看到她妈妈从沙发上一跃而起，脸色铁青地朝她快步走过来，"一言不发就卷铺盖走人，你几岁的人了？有没有一点成年人的成熟和担当？你把我们都当成什么了？"

"你是不是又去苏黎世找那个混血小子了？"她爸爸也站了起来，指着她的妈妈怒道，"我早就跟你说过根本不能把护照还给她，你就是心太软，你自己的女儿什么性子你不知道吗？江山易改本性难移！"

"伯父伯母，你们别动气了，"这时，在沙发上的第三个人站了起来，他态度状似非常温和地迎上来，还亲昵地靠过来搂了搂她的肩膀，"辛辛不是回来了吗？只要人回来了就好，我们都是一家人，不用太计较。"

丘辛忍住心里的反胃，看着她亲爱的未婚夫表现出这副无比熟悉的伪君子作态，忽然嗤笑了一声。

"你还有脸笑？你看看汪曦的脾气多好，他都惯着你顺着你，你就开始无法无天？这世界上哪里还找得到像他这么好的男孩子？"丘母又开始跳脚，一边骂一边好像要被她气哭的样子，"你干的这种好事要是被人传出去，你把我和你爸的脸往哪搁啊？"

"不会有别人知道的，"汪曦这时安抚丘母道，"伯母，无论发生什么都只有我们四个人知道，小家庭的矛盾，内部消化就行了，谁都不是圣人，犯了错，我们都可以互相包容理解嘛。"

丘辛看着这三个人，终于把汪曦的手从自己的肩膀上挪开，微笑道："要不要送你们三个明年去参加奥斯卡啊？天大的明星都得礼让你们三分。"

"你！"丘父气得脸色铁青。

"别，别训，我一个字都不想听，"丘辛背靠着大门，眼睛里没有半分畏惧，"我这次回来，就是想亲口告诉你们，这么多年我都为了你们所谓的事业和利益违心地活着，没有一天是真正快乐的，从今以后我要为自己而活。"

她这番言论一出，其他三人都愣住了。

丘父瞪大着眼睛，愕然道："你这个不孝……"

"这些年来，我为了你们离开我最爱的人，为了你们放弃了我自己的梦想，我每天都被束缚在你们的孝道里，捆绑在这段令人作呕的婚约中，如果追寻自由的代价是必须放弃这段亲情，那从今以后你们就当没有我这个女儿吧，"她一字一句地说，"我欠你们的孝道，我下辈子再来还。"

丘母看了她几秒，眼眶红了："辛辛？辛辛你是被谁洗脑了吗？你怎么会那么狠心啊！"

"是不是那个混血小子教你这么说的？"丘父气得脸都涨红了，"是不是！"

"和其他任何人都没关系，"她捏紧着自己的拳头，"都是你们逼我的，我一直忍耐着，只不过我到了今天，不想再忍了罢了。"

一旁的汪曦看着她，想试图打个圆场："辛辛，你是对我有什么不满意吗？我答应你，从今以后我再也不去鬼混，一定专一地对你，之前都是我的错，我是个混账，我不该……"

然而他还没有说完，她就抬起手制止了他。

"我不想听你说话，"她连看都不想看他一眼，"你没有资格谈情爱和专一，和你相处是我这辈子做的最后悔的决定，还好我现在还来得及弥补，希望你今后能找个愿意和你的三妻四妾共处一室的姑娘，幸福一辈子。"

汪曦的脸彻底绿了。

"我今天就是来道个别的，毕竟这里根本就没有什么值得让我留恋牵挂的东西，这个屋子里什么东西我都不要了，工作我也辞了，但请放心我不需要你们给我提供任何经济来源，我哪怕去街上讨饭，也不会要你们一分钱，抱歉啊，没办法再陪你们玩联姻过家家的游戏了。"

她最后再看了一眼这一室里三个表情各异的人，曾经这三个人决定了她今后一辈子的路该怎么走，该往哪里走。

而如今，她自己亲手打破了这个死局。

"丘辛，你真的想好了？你明白你到底在做什么吗？"丘母已经开始哭泣，而丘父则大声地指着她道。

"我明白，"她轻轻一笑，"我只是想要回到一直在等我的人身边去，就是这么简单。"

我再也不想让他等我了。

我再也不想让他失望了。

我再也不想看到他哭了。

丘辛说完这句话，也没想看底下三位观众的反应，拿上行李箱就要出门。

虽然……她也不知道那个以前一直在等她的人，还会不会给她最后一次机会。

反正，她都已经想好了，就算回去的时候他不在、或者不想再见到她了，她都不会退缩半步，哪怕死皮赖脸、哪怕胡搅蛮缠，她都还是会粘着他、等待他。

这么多年了，现在该轮到她来当那个守望人了。

谁知她的手刚放在门把上，就有一只手横空出现挡在了她面前。

她蹙着眉回过头，便看见汪曦板着一张脸，对她说："你想来就来，想走就走，你以为是那么容易的吗？我说过我允许你单方面结束这段婚约去找那个混血男人了？"

"要你允许？你以为你谁啊？"丘辛都气笑了，"你有病吧？"

汪曦的手分毫不让："丘辛，你做人做得别太绝，这样对谁都没好处。"

"你去找其他女人鬼混的时候想过谁了？"

"呵，你以为你不让我碰你是因为你是什么冰清玉洁的传统女生吗？开什么国际玩笑，只是因为你心里一直揣着那个混血男人，只想让他碰你罢了。"汪曦终于完全脱下了伪装的面容，对她露出了讥讽的表情，"我们就别五十步笑百步了，这婚约你还真当我开心无比？我还以为你心知肚明自己是什么货色呢！"

而她看到，她身后所谓的亲生父母，面对汪曦对她这样的冷嘲热讽和奚落诋毁，脸上也没有半点对她的心疼和怜惜，甚至都没有想要去反驳汪曦。

原本她心里还存在着的最后一点难受，终于也彻底消失殆尽。

"还有这两位老人家，"汪曦这时冷笑一声，指了指他的身后，"当我和我爸妈不知道他们俩卖女儿图什么呢？"

丘父丘母显然都被汪曦的真面目给惊到了，两个人都瞪大着眼睛看着他，但也没有人敢出声说什么。

"所以，你们家还和我们家有着那么多利益上的纠葛，你现在就想两袖清风走人了？"汪曦把目光定在她身上，显然觉得她会被吓到，"你未免把事情想得有点太过简单了吧？"

她看着他，刚想要说句什么，就听到她背后的门传来了"咚咚"两声。

屋里的人都一愣，不知道是谁会在这个时候上门来。

丘辛也没从猫眼里看一眼门外是谁，一把甩开汪曦的手，直接扭开了大门。

一看到大门外站着的人，丘辛整个人都惊了。

她是不是喝醉酒眼花了？

要是她没眼花的话，为什么现在门外站着的人居然是井燃呢？

井燃在门外看着她一脸被人打了的表情，有一瞬间很想笑，但鉴于现在事态比较紧急，他还是把笑给憋了回去，只给了她一个眼神。

但仅仅只是这一个眼神，就让刚刚还觉得自己是在孤军奋战的光棍司令整颗心都一下子放软了下来。

这个眼神里有她最最熟悉的温柔，也有安抚，更有一种安全感。

这种安全感，这个世界上只有他一个人才能给她。

"我在，放心。"

她好像听到了他心里的话。

井燃看她明白了自己的眼神，便直接转头冲着汪曦和丘父丘母道，"我想你们应该都知道我是谁，我就不多费劲再做自我介绍了。刚刚你们的声音太大，我在门外都听见了，现在看起来辛辛应该已经脱离了丘家，所以丘家有什么事，有多少钱，有几亩地，欠谁几分债，都和她没有半分关系，她不需要承担任何责任。"

"你算是什么身份敢在这里说这种话？"汪曦看着他，语气生冷地说。

"我是谁不重要，但是辛辛我今天是一定会带走的，如果你们执意要把她留在这里，那就别怪我做出些让你们不太好收场的事情。"井燃抱着手臂，不慌不忙地说，"我恰好认识些朋友，如果你们不让她走，五分钟之后会有警察来，或许还会有比警察更厉害的人物……你们可以解释说是家庭内部矛盾，但是一旦有正规司法机构介入审查汪家的账目，我想事情就不是那么简单了。"

一开始汪曦的脸上还是漫不经心的轻蔑，可当听到了最后一段时，他的脸色陡然大变。

"如果你想保全你和你父母现在的生活，就别再想对辛辛动一点歪脑筋。"井燃板上钉钉地落了口，再转向了丘父丘母，"至于你们，这么多年来从来没有对辛辛有过半分真情实意的亲情和爱，只有利用，所以你们也得不到我对长辈的尊重，最后失去辛辛这个女儿都是你们活该。"

丘辛原本看到他要刚汪曦和她爸妈，心里还有那么一点的慌乱，可眼看井燃这个阵仗，她显然是多虑了——他这个样子绝对是已经背着她做过充分的调查和准备再来炸碉堡的，要不然怎么可以在短短几分钟之内就把这三个人说得如此面如死灰？

屋子里没有人再说话，井燃转过头看向一脸逼加震惊望着他的丘辛，脸上终于重新流露出了一丝柔和。

"我们走。"他朝她伸出了手，语气轻而温柔。

丘辛望着这个男人，连看都没有再朝屋子里的人看一眼，直接抬手把手放在了他的手心里。

两只手紧紧地牵在了一起，就像他们之前无数次做过的那样。

高中的课间、放学、暑假，成年后她偷跑来苏黎世的时候……每一次每一次，无论去哪里，无论去做什么，他都会牵着她的手，生怕她和他走散。

这个世界上不会再有第二个人像他这样，把她当成宝贝捧在手心里，不忍心让她受一点委屈。

她在这个城市出生、生活了很久，可她这一辈子所有的快乐，却都只停留在苏黎世，停留在有他的地方。

这个地方，叫做归宿。

一直到走出丘家小区的时候，丘辛才仿佛如梦初醒，她猛地停下了脚步，用力地晃了晃井燃的手。

"嗯？"他转过头看着她，目露笑意。

"你不是说，"她有些别扭地咬了咬嘴唇，"再也不相信我了吗？"

他有些无奈地摇了摇头，干脆也停下了脚步，用手轻轻推了推她的额头："你啊……"

见她还是一脸迷茫，他只好耐下性子对她说："我在飞机上不是跟你说了，再给你最后一次机会的吗？"

"啊？"她张了张嘴，原来那个她在梦中看到的王子居然还真的存在啊，"我还以为我在做梦呢。"

"除了我还会有谁知道你在哪班飞机上，坐在哪个位置。"他都忍不住笑了。

"可是，"她说，"你不是那架飞机的机长吗？机长可以从驾驶室里中途跑出来的？"

"谁跟你说过我是那架飞机的机长了？"

她一愣，又突然想到当时的猜测都是她自己说的，他完全没有回应过她。

丘辛这才发现自己被狠狠耍了一把，立刻跳到他面前用拳头砸他肩膀，红着脸大叫："哇你骗我！"

"怎么？只许你做骗子，倒不允许我偶尔骗你一次了？"他任由着她胡闹，语气里满满都是宠溺。

她泄愤般地砸了两下，眉梢里却已经带上了笑："那你当时人到底在哪里啊？"

"就在你后面几排，你一直在哭，要么在发呆，整个飞行途中完全没有发现我。"他把她拉进怀里，"然后我就一路跟着你回家了。"

丘辛的心里热乎乎的，热得都有些发烫了，她双手环住他的腰，眨巴着眼睛看着他："你什么时候想好要跟我回来的？"

"很早很早以前。"

"有多早？"

"其实你爸妈高三毕业的时候把你带回来之后，我就有来偷偷看过你。"他的目光好像飘到了很远很远的地方，"后来有几次你来找我，我实在忍不住，跟着你回去过几次，但是也都只敢在你家附近远远看看你。"

她听着他的话，刚刚心里的热开始转变成酸胀，她通过他的话语，仿佛看到了这个男孩子那么多次小心翼翼地跟着她回来，远远看她一眼然后又离去。

这么多年来，她居然从来都不知道，他们曾经在这个城市也离得这样近过。

"为什么不告诉我你在这里？"她眼睛红红地望着他。

"我不敢。"他轻轻叹息了一声，"我怕也许这里的生活是你想要的，我也不可能硬逼你和你父母断绝关系，逼迫你拒绝婚约，我更不能去操控你的人生，我只能去支持你自己做的每一个决定……就像这一次，如果不是我感觉到了你自己的决心，我也不会这样上门来把你带走，即便我已经找朋友帮忙准备了很久，也调查了汪曦这个人很久，但是如果不是你自己想要的，即便我再想要，我都不会勉强你。"

丘辛这才发现，这个人比她想象中的要更爱她。

爱到什么程度呢？

他比她自己还要爱她。

"你是怎么发现我这次终于下定决心的？"她想要笑，可是一笑，眼睛里的眼泪就掉了下来。

井燃抬起手轻轻帮她拭去了眼泪，专注地看着她的眼睛，眼眶也有些发红："不知道，反正就是有一种感觉，你以后不会再让我孤身一个人了。"

她笑着凑过去亲吻他的眼睛，他们的眼泪却不断地从彼此的眼眶里滑落下来。

"我们以后去哪儿？"

过了一会，她用额头贴着他的额头，低语道，"我现在没有工作，没有钱，什么都没有，我只有一颗爱你的心了，怎么办。"

井燃被她的土味情话逗笑了："有这个就足够了。"

"我想住在苏黎世。"她说，"可以吗？"

"好。"他说，"再过两年，我就可以在苏黎世最美的地方买一栋房子，我已经看好了，以后天天给你拍照。"

"好！"她用力点头。

"去了苏黎世，你想继续做设计，或者做别的，或者什么都不做，都可以，只要你开心。"他说，"不用担心签证的问题，你嫁给了我，你就可以一直呆在那里了。"

"这算是求婚吗，井燃同学？"她歪了歪头。

他把她一把从地上抱了起来，转了个圈，大笑道："我早就求过了好不好？"

那是一个苏黎世的黄昏。

那天她在教室里写作业写得太困了，都趴在桌上睡着了，半梦半醒之间，她听到有人在她耳边这样说。

"丘辛，我要娶你，我想你以后在我身边，做这个世界上最幸福的只吃糖不吃苦的小公主，你一定要嫁给我噢，不可以嫁给别人。"

至此，他一个人的守望终于宣告结束。

今后一生的人世繁华，都会由他们并肩欣赏。

亲爱的，我们回家。

（完）

第四夜

《笙笙入晓》

一见倾心，从此不移。

T市，一栋独立高级公寓。

卧室门此时微微虚掩着，从外面看过去还带着一丝黄昏才特有的暖光。

只是屋子里此时却并不显得寂静。

南骁用一条胳膊把身下原本背对着他的人儿小心地捞起来，然后他的动作就顿住了。

"笙笙。"他停下了动作，低低叫了一声。

下面的人儿却完全没有任何反应，巴掌大的脸上一双乌黑的大眼睛滴溜溜地转着，好像正在聚精会神地思考着什么，反正肯定不是在思考眼下正在进行的事情。

南骁看了她两秒，脸上不免黑了两分。

"司空笙。"等了一会，他用手将因为汗湿而垂下来的额发重新扒回去，垂着眸加重了声音。

"啊？"小姑娘这才如梦初醒一样，迷茫地看着他，"结束了？"

南骁："……"

他的额头略有青筋冒起。

她脸上的神色顿时僵住了："额……"

"那个，"司空笙看着他那张已经开始慢慢变色的脸，露出了一个讨好又尴尬的笑容，"对不起，我，我刚刚……"

她其实想说自己在发呆，又想说自己有点困。可是转念一想好像无论是哪个说辞，都会遭到殴打。

"你刚刚什么？"他漆黑的眸子盯着她的脸，一字一句地开口道："是又在想你实验室那几支硫酸，还是又在想培养皿里的那些细胞？"

司空笙："……"

直接抓包，当场缴获。

南骁看着她一脸"你怎么知道"但又不能表现得是被他说中了的表情，心里又好气又好笑，揶揄她道："怎么，要不我现在就开车送你回实验室？免得你牵肠挂肚，还得在这陪我逢场作戏。"

"不不不，绝对不。"司空笙知道要是真这么干她大概今后三个月都别想再见到他了，赶紧伸出胳膊抱住他的脖颈，蹭了蹭他的脸颊。

他垂眸看着在努力哄他的人，小姑娘长着两颗可爱的小虎牙，笑起来当真是非常可爱，不施脂粉的脸庞白皙滑嫩，也难怪许多人都说，司空笙这个长相看上去就像个刚进大学的大学生，和他在一起简直像是叔叔和侄女。

当然，也不是在说他老，只是她看上去有点太小了。

他一动不动地看了几秒，她有点慌了，靠在他耳边低声叫他："南骁？"

南骁收起了脑中的思虑和刚刚的一丝怒气，重新把小人儿按了下去。

浴室。

司空笙观察着南骁脸色的表情，想了想，小声问："南骁，你是不是生气了？"

浴室里烟雾升腾，水声的掩盖下她的声音有些听不清楚，但南骁的听力绝佳，他的眉头几不可见地跳了跳，八风不动地说："没有生气。"

"真的吗？"她有些狐疑地凑近他的俊脸。他可真好看，虽然也是眼睛鼻子嘴巴的长，怎么就比别人要长得好看那么多呢，"你这次什么时候回去？"

"今天晚上。"他说。

"啊？那么快？"她说，"你平时不都会呆个三天左右吗？"

南骁关了水："无论我待几天，你都有两天要待在实验室，所以我也没有多待的必要。"

司空笙看着他拿过毛巾给她擦身体，心里飞快地闪过一丝念头。

他肯定是生气了吧……

洗完澡两人换上了干净的衣服，一起离开南骁的公寓。

他人高，身材又挺拔，无论是什么衣服在他的身上就会展现出完全不同的效果，更别提是军装了，就坐个电梯的工夫，上来的四个人，有三个人目不转睛地盯着他瞧，有个小姑娘，瞧着瞧着已经满脸通红，还拿着手机想偷拍一张。

南骁当然也发现了，下电梯的时候朝那姑娘笑了一下，可那姑娘看到这一笑立刻就收起了手机，不敢再动偷拍的心思。

司空笙亦步亦趋地跟在他后面上了车，一边偷瞄着他的脸，一边心里在思考自己等会上车该说点什么缓和一下气氛顺便哄他开心。

可她刚一上车，就收到了实验室同事的微信。

小练：笙笙，有空来一次吗？培养皿好像出了点问题。

她立刻脑子里啥东西都忘光了，转过头就神色紧张地对着要发动车子的南骁说：“可以现在就送我去实验室吗？”

他的动作很明显地顿了一下，很快就说：“好。”

此后一路无话，她一心惦记着培养皿，也完全没注意到刚刚脸色已经不怎么好的南骁脸黑得彻底没法看了。

到了实验室大楼，她扔下了一句“再见我先走了”，就头也不回地跑下车了。

留下南骁目送她飞奔进大楼的小小身影，几乎是哭笑不得地揉了揉太阳穴，紧接着长吁了一口气。

过了一会，他拿出手机，找出一个人，发了条微信过去。

对方估计手头没在忙，回得很快：怎么了，准妹夫？

他在这个名叫“司空景”的对话框里输了一行字：我有时候觉得我特别可悲。

司空景：笙笙又抛下你去实验室了？

南骁：嗯。

司空景：每次都和细胞争风吃醋是不是觉得特别有意思？

南骁看了司空景的这句轻嘲，心里顿时有些说不出的酸爽。

你以为岂止是和细胞争风吃醋？

他心想。

他大概是和整栋实验楼里的每一个器材以及生物都过不去吧。

想了几秒，他才一手支着额头，一手给司空景回了过去：相煎何太急？你家那位夏夏不是还被你妈给怼在门外？

司空景：那也总比笙笙第一次上门因为想着实验室里的硫酸把你妈给她端来的名贵茶具打碎要好一些？

南骁：但至少我把我妈给说服了，这是我娶媳妇，又不是她娶。

司空景：呵呵。

南骁：还嘚瑟？

司空景：以后你被细胞比下去的时候别再来找我诉苦。

南骁看着手机笑了一声，把手机扔在一边，发动车子慢慢离开。

司空笙被小练叫回去之后，和小练一起趴在桌子前琢磨了老半天，瞪得眼珠子都快瞪瞎了，才总算找到了培养皿的问题症结所在。

实验室里此刻只有她们俩在忙进忙出，偶尔会传来一些容器轻轻碰撞的声音，很快又重新归于寂静，司空笙工作的时候通常都相当专注，小练一直嘲笑她说即便有人在旁边跳广场舞，她都能做到两耳不闻窗外事。

好不容易处理完了培养皿，天色都已经完全暗了，小练靠在实验室的墙壁上，一只手遮着自己的眼睛，一只手有气无力地指着桌子："笙笙，赶紧把那倒霉玩意儿给我拿开，我一看到那培养皿我就头皮发麻。"

司空笙忍着笑把培养皿搬到另外一个地方去，完了又仔细观察了一会，这才彻底放下心来。

"我说你。"小练这时摘下手套，看着她挑眉道，"大周末的像我这种千年成精的单身老妖怪就不提了，为什么你这种有家室的人还能说来就来？骁哥不在啊？"

实验室里除了没有男朋友的小练长期无休地耗在这之外，其余的研究员不是有家室孩子，就是有男女朋友，周末的时候是打死都不愿意来实验室的。

一提到骁哥这个名字，司空笙才后知后觉地发现有什么地方不太对劲，她茫然地看了一会小练："我刚刚就和他在一起……"

小练疯了："你别跟我说你是把骁哥撇下过来的这啊！司空笙你信不信我掐死你啊？"

她想到了刚刚在家里发生的某些事情，面色顿时变得很尴尬："那倒也不是。"

"什么也不是！"小练恨不得一巴掌朝她的脑袋扇过去，"我还不了解你？你肯定和骁哥在一起的时候满脑子都在想这破培养皿，然后骁哥看出来了直接把你送过来了，我的天啊，司空笙就你这情商到底是怎么追到骁哥的？你上辈子拯救了整个银河系啊？"

司空笙被喷得毫无还嘴之力，一脸窒息地看着小练。

说句实话小练说得完全没错，她今天好不容易才和南骁见一次面，满脑子却都在想实验室里的事情，而且她都发现南骁生气了，非但没有哄他，还让他把自己赶紧送到实验室来。

"司空笙。"小练一边按压着太阳穴，一边努力抑制着自己的怒火，"如果我知道你和骁哥在一起我是绝对不会叫你现在过来的，哪怕我被这培养皿吃了我也不会叫你过来的你知道吗！骁哥总有一天会把我打死的……你就不能拒绝我吗！"

她叹了口气："我真的没办法对这个培养皿弃之不顾。"

"培养皿和你未来老公，哪个更重要？"

司空笙愣了一下，过了几秒才说道："南骁。"

"你还犹豫了几秒是几个意思？"

她吐了吐舌头。

小练盯着她看了一会，忽然正色道："别说我没提醒你啊，笙笙，南骁的确是非常爱你，我从来没见过哪个那么帅那么优秀的男的还带这么眼瞎痴情的，但是你别老是把人家对你的爱当成理所当然的事情去消磨别人的感情和期待，如果有一天他真的累了，你哭着跳楼都来不及！"

她被小练说得又是一愣，有一瞬间甚至都陷入了迷茫——因为她有些听不懂。

说句实话，小练前面喷她喷得也没错，很多时候她都不明白南骁究竟是怎么会喜欢上她这样毫无情商和恋爱脑可言的女孩子的。

她的确念书是念得很好，智商也是公认的高，但也因为她的情商和智商成严重反比、唯一的兴趣爱好就是学习研究的缘故，她大学才硬生生把自己磨成了一朵寝室花，教室实验室寝室三点一线，大四毕业拍集体照的时候才惊到学校一大批男生——我们学校居然还有长得这么可爱的女孩子？居然还是娱乐圈天王司空景的堂妹！

然后……然后就可惜了，这朵寝室花都没有给别人再多看一眼的机会，从此彻底扎根进了实验室，变成了实验花。

她爸后来实在无法忍受自己如花似玉的女儿就这么一直和实验室死磕下去，终于强迫她接受相亲的安排，她虽然谈不上喜欢这种方式，但是鉴于她身边没有任何男性单身活物，她爸妈也反复说只是见一面，不成也没关系，她最后也只能去了。

那就是她和南骁的第一次见面。

她爸妈在她去之前是这样说的："小伙子是爸妈很多年老朋友的儿子，长得一表人才，年纪轻轻就在部队里当了少校，文武双全，而且人极其正气，是那种精品里的精品。"

司空笙同学在去赴约的路上就在思考这个问题——既然是精品里的精品，为什么却是单身？甚至要沦落到被安排相亲的地步？讲道理年纪也不算小了，难道是和真爱无法在一起所以才被迫要和其他结婚的？好可怜啊！

她这个人也藏不住心事，于是，当她在餐厅里，在南骁的面前坐下来的时候，她看着对方的眼神有一丝微妙。

是那种带着同情、难过、遗憾、惊讶、无奈、好奇……总之是非常微妙的眼神。

坐在她对面被她这么看着的南骁："……"

打了招呼后，南骁微微一笑："如果不是我的错觉的话，我怎么觉得你看我的眼神有一些奇怪？"

她这才慌慌张张地掩饰："没有没有……"

他看了她几秒，笑道："让我来猜猜，你是不是觉得我不喜欢女孩子，是被迫来和你相亲的？"

被一枪爆头的司空笙："……"

南骁也不生气，看着她涨红的脸，给她倒了一杯茶："我喜欢女孩子。"

"对，对不起……"

"没关系。"他的眉目是那种闪闪发亮的英俊，在人群中就有那种脱颖而出的气质，周围的很多人都在打量他，"毕竟你可能觉得我这个年纪应该都已经抱两孩子了。"

每句话都被抢先说完的司空笙只能大口喝茶。

"在开始我们这顿饭之前，有几句话我想先说一下，以免你产生什么偏差的想法影响之后的发展。"他轻描淡写地托着下巴，对她笑了笑。

这个人虽然总是在微笑的样子，但是她总觉得他的骨子里透着一股凌厉，只是这种凌厉的锋芒被他用惯常的温和掩盖了下去而已。

后来事实的确证明，我们对人际关系观察力为零的司空笙小姐，难得一见的一次第六感是正确的。

"我这么多年单身未婚，没有任何特殊因素，只是因为我在部队太忙了，没有时间回家，更没有心思考虑恋爱结婚的事情。"

"我不喜欢被安排相亲，这是我的第一次相亲，也是最后一次。"

"我是特意要来见你的，是我主动提出要和你相亲的。"

"我很早之前就认识你，司空笙。"

精准四连发，直接把司空笙给原地炸死了。

回忆杀就此结束。

司空笙摘下手套，和小练一起走出实验室，心底却越来越虚。

当时南骁的四个炸弹扔完之后，她完全是处于很蒙的状态，所以一时都没有心力去问他究竟是什么时候认识她并对她产生好感的。这件事一直到现在都是一个谜，而他们之间的一切就都这么顺理成章地发生了——开始相处、感觉挺好、喜欢上了、在一起了、见家长了，一切都像一条龙服务似的，没半点耽搁。

她虽然不知道别的男人是什么样的，但是她知道，南骁是那种双商都很高的类型，他们之间的感情也一直都是他一个人在把控，她从来没见过她身边哪个人不喜欢他。并且，每个人见到他俩，都说她就像他手掌心里的孙猴子，永远翻不出他的五指山。

等换好了便服，她到底还是下定了决心，抬起手用力拍了一下小练的肩膀。

小练被她拍得半个肩膀都麻了，龇牙咧嘴地问她："干吗？破坏你和骁哥翻云覆雨想谋杀我啊？"

她摇了摇头："我觉得你说得对。"

小练："什么？"

她摇了摇手机："我觉得他这么喜欢我，我的确是像中了头彩一样，我得问问他到底为什么，毕竟……我也没觉得我是那种很讨人喜欢的女生。"

"你知道就好！孺子可教！"

小练心里觉得好像某根木头是稍微开窍了一些，但又感觉这件事开展的方向有些不太对劲，等她还想揪着这位木头再骂两句的时候，木头已经没影了。

军区离T市也没有太遥远，南骁一路飞驰回去，差不多是晚上八点多到的。

也许是因为被司空家这俩堂兄妹轮番气过的缘故，已经过了饭点他也没觉得饿，本来想直接回宿舍整顿下休息睡觉的，却半路被某位程咬金拦截了下来。

"这才几点呢，你急匆匆回去干什么？"杜成凯不知道是从哪儿冒出来的，南骁人刚走到宿舍大门口，就被他直接一胳膊勾住了脖子，"啊？骁爷？"

南骁斜着眼睛看看某位剃着板头也掩盖不住脸上痞气和狡黠的人，薄唇轻启："放手。"

"嘿，我就不。"

杜成凯就是那种典型你让我别干什么老子就偏要干什么的类型，为此没少被上级批评，可偏偏这家伙是个不服输的刺头，除了人油滑了点，其余哪方面都是一等一，成绩永远和南骁并列第一。

南骁是典型的很受上级喜欢的根正苗红的配置，从不惹事，处处稳重得体，但却偏偏和这位刺头关系好得很。

南骁见杜成凯来劲了，眼眸微微一抬，二话不说直接握着对方的手臂，弯下腰，挥手就是一个利落的过肩摔。

谁知杜成凯在半空中的时候回过了神，三两下从他的桎梏里挣脱，跳到了他的对面。

"没劲。"杜成凯吹了声口哨，"和你打最没劲，打老半天都打不赢，也打不输。"

南骁微微一笑，抬腿踹了他一脚，继续往宿舍里走。

杜成凯跟个牛皮糖似的赶紧跟上去："骁爷，你真回去啊？文艺部正好现在在食堂里开特别会议呢，你不陪我去溜达溜达？今天新进来几个姑娘，好看得要命，我和你讲！"

"没兴趣，"他边走边说，"要去你自己去。"

"哎，"杜成凯说着又要往他身上靠，"别这样啊骁爷，我知道你对咱嫂子一心一意，可文艺部那帮姑娘只愿意搭理你，你一和她们说话她们就集体脸红把你团团围住，可我要是一个人去，她们连正眼都不愿意瞧我一下！你就过去帮我打个掩护的，我绝对不会让你做出对不起我嫂子的事儿的！"

南骁听罢，停下了脚步。

"怎么！你愿意陪我去了？"杜成凯激动得瞪大了眼睛。

他看着杜成凯："你知道为什么人家都不愿意正眼瞧你一下吗？"

"为啥啊？"

"就因为你这熊样。"

杜成凯指了指自己的脸："我还熊样？我就是个大帅哥好吗？"

南骁懒得再和他絮叨："滚吧，你爷爷今天心情不好。"

杜成凯的脑袋上缓缓打出了一个巨大的问号，等他回过神，他骁爷已经消失在了寝室楼里。

到宿舍里洗了个澡之后，他半裸着身子用毛巾在擦头发，这时，他放在桌子上的手机忽然震了起来。

南骁走到桌子前一看来电显示，眸子里闪过了一丝意外，然后眼睛里不由自主地就带上了一丝温柔。

他放下毛巾，接起电话。

"南骁？"对面这时传来了一个细声细气的女声。

"嗯。"他在椅子上坐了下来。

"那个，你吃过饭了吗？"司空笙在那头小心翼翼地说。

"没。"

"啊……"她说，"那你不饿吗？"

"还行，"他靠在椅背上，垂着眸把玩着桌子上的毛巾。

那头的人挣扎了好一会，才说："那个，你是不是，生我的气了？"

他沉吟两秒："我要是说是呢？"

她愣了一下："我，对不起。"

南骁心里想着小姑娘今天是哪根筋搭错了，估计又是被小练劈头盖脸地训过了，居然知道打电话来服软。要是以往，哪怕他被气得七窍生烟，她也是无知无觉地继续做她的实验，完全不会意识到要来哄哄她的男朋友。

其实他一听到她的声音气就已经全消了，他这么喜欢她，根本不会真的和她动气。

但是，不知道是想故意使坏，还是真的有点想让她有所转变，他捏着手机琢磨了两秒，居然说道："对不起应该没什么用。"

那头的司空笙听得傻眼了。

"笙笙，我知道你不是故意要分心的，你只是太在意科研，我表示理解，可是你有没有想过，每次我好不容易盼星星盼月亮回来见你一面，想和你多温存一会，你都这样冷落我，我会不会有一天觉得累了呢？"

这么长时间以来，他从未在她面前对她说过一句重话，这算是第一次，他对她表露出来了一丝自己心底最真实的看法。

"我准备先休息了，明天早上还有训练，晚安。"

那头在T市的司空笙，人呆呆地坐在沙发上，听着已经传来嘟嘟嘟忙音的手机，过了一会，手机"啪嗒"一声掉落在了地上。

司空笙的世界从小到大其实都很简单，用四个字来概括就行。

走近奇葩。

不不不，专心学术。

反正八九不离十，长辈们觉得这孩子看起来很厉害，是两耳不闻窗外事的大学霸，但同龄人看起来，就觉得她是个彻头彻尾的书呆子。

人家在玩泥巴的时候，她在看书；人家在打游戏的时候，她在看书；人家在为情所困的时候，她还在看书。

反正就是，智商是别人进度条的十倍，情商却是别人的二十分之一。

但南骁的出现，打破了她二十多年来的这个生活惯性。

她第一次对除了书本和实验以外的事物感兴趣，第一次会因为一个人而激动得小鹿乱撞，第一次明白了什么叫做喜欢和在意。

用暴躁小练的话说起来，简直就是脑袋被人开过光了。

而现在，脑袋被开过光的人坐在一辆高速行驶的私家车上，目光注视着窗外，第一次明白了什么叫做害怕。

在她旁边开车的这位戴着口罩和帽子的大帅哥是她的堂哥司空景，也是目前娱乐圈最当红的男艺人，司空天王百忙之中人生第一次接到了这个从小疼爱到大的木头堂妹的求救电话，再多的安排也立即让经纪人给推了，直接开车来接的她，接完直奔军区。

司空景这时在红灯前停了下来，转过头来叫她："笙笙？"

她回过头来，苦大仇深地"嗯？"了一声。

司空景看着觉得有点好笑："你饿不饿？这都几点了？"

他来接她的时候其实都已经快十点了，她从实验室出来连晚饭都没吃，就一直这么傻呆呆地坐在家里等他。

"不饿。"她其实和南骁打完电话之后整个人都是处于晕乎乎的状态，既不觉得饿也不觉得累，但是就是怎么样都坐立难安，还有点想哭。

这么跟自己僵持了许久，她走投无路，只能打电话找司空景，开口第一句就是："哥，我想去找南骁。"

"吃两块饼干。"司空景这时翻出了几块饼干递给她，"如果他这次是真的生你气了，以他那个偏驴脾气，你还不得好好巴着他求？"

她原本不想接，但一听这话，思虑两秒，又接了过来。

原本这俩兄妹每次在一起都有很多话可以聊，但这一次却出奇地安静，司空景只是在快要到军区的时候，才忽然开口对她说："笙笙，我知道你有你自己的想法和步调，我也不想批评你指责你什么，不过，既然你这么喜欢南骁，喜欢到想要和他过一辈子的话，我觉得你应该试着把他真正放进你自己的生活中，你想到自己的同时，也要想到他。"

她回头看了一眼司空景，脸上的表情终于不是之前那样的全然迷茫，她好像自己悟出了一些什么，但又不是很确定。

过了一会，她问："哥，那你和夏夏姐呢？"

一听到那个姑娘的名字，司空景整个人身上的气场都产生了一丝变化，他漂亮的眼睛微微地弯了弯，然后语气也温柔了下来："她比起我自己，在我的生命中更重要。"

司空笙听得叹了口气。

求安慰还得被硬塞狗粮，真烦啊！

司空景出发前其实已经偷偷联络过南骁，所以等他们到了军区门口，司空笙远远就看到一个身材挺拔的熟悉身影站在大门口。

她一看到对方，整个人立刻就开始慌神，求救似的回头看司空景。

司空景摇了摇头，停下车："别看我，下车。"

"哥。"她来的路上还决定英勇炸碉堡，现在却只想撒腿就逃。

"叫我十遍也没用，"司空景抬手指了指那边那位，"解铃还须系铃人，我们司空家的人从来不会临阵脱逃，给我下去。"

被强行赶下车的司空笙哆哆嗦嗦地开了车门，然后她一关上车门，司空景就绝尘而去。

反正他只需要把人送到，剩下来的后半部分他妹夫自己会负责。

司空笙大脑一片空白，杵在原地不敢动，只能眼睁睁地看着南骁朝她走近。

他走到她面前，目光和这夜色一样沉静："你跟我来。"

沿途执勤的军人看到他都会敬礼打招呼，他估计已经提前说明过情况，一路人没有任何人拦着他们，于是她就一路跟着他点鼠标似的被点到了他的寝室楼下。

司空笙一开始其实是紧张又害怕的，生怕南骁直接冲着她发火，可是当刚刚他对她说话的时候都没用昵称叫她的那一瞬间，她整个人忽然就崩了。

以前他每一次，无论是和她打电话还是见面，总是会温温柔柔地叫她"笙笙"，有时候情到浓处，还会叫她"宝贝"之类的，从来没有一次像今天这样不带什么感情地跟她讲话。

他是不是真的对她心灰意冷了？他是不是真的不喜欢她了？他是不是要和她分手啊？

她脑子里戏太多，以至于当终于进了他的宿舍，南骁刚想转头和她说话，就看到她整张脸上全是眼泪鼻涕，跟大杂烩似的。

南骁："……"

他似乎是愣了一下，过了几秒，他忍着笑问她："你哭什么？"

司空笙没吭声，大眼睛眨巴眨巴的，眼泪又开始哗哗往下掉。

他起初还有些戏弄她的心思，但她这么一哭，他心里顿时就软得一塌糊涂，但面上还是收着一些，没有表现得太明显。

南骁合上门，在椅子上坐下来，朝她伸出手："笙笙，过来我这里。"

她一听他的语气柔和了一些，立刻边抹眼泪边朝他巴巴走过去。

等她走近，他握住她的手，将她拉到自己的腿上坐下来，搂着她的腰温声说："为什么哭成这样？"

她哭得上气不接下气："我觉得你不要我了。"

南骁听得是真的有点想笑，从一旁抽了纸巾给她擦眼泪鼻涕："为什么这么觉得？"

"你说你累了。"她哭得可伤心了，"小练说总有一天你会受不了我这个样子离开我的，我想了想如果我是你，我也不要我自己了……"

这回他是真的笑了，别过脸去笑了好几声，才又转回来："你为什么不要你自己？"

"我不解风情，像个书呆子，整天就知道看书做实验，你难得回来找我，我也没时间和你约会，和你在一起也不专心陪着你。我不会撒娇，更不会说什么好听的话哄你开心……"

她越说越觉得，自己怎么会那么糟糕啊，哪个不长眼的会喜欢上她这样的姑娘啊？

不长眼的人听了半天，摸了摸下巴："你说得没错。"

司空笙滞了一下。

"你还没说，见我妈那天你砸了茶具，群发收作业短信发给我爸妈，有一次睡觉的时候抱着我叫氯化钠。"

他一字一句地陈述着她的罪状："还有你生日那天，你直接把我送你的项链不小心在实验室熔掉了。"

她快要窒息了。

"笙笙，你的确不是个合格的女朋友，在工作上细致无比，在生活上却粗心大意，做你的男朋友不轻松，时时刻刻得给你擦屁股，还得有十万分的耐心包容你。"他耸了耸肩，"我觉得不是一般人，根本没法跟你过日子。"

司空笙好不容易停下来的眼泪又要掉下来了。

"可是我不是一般人。"他故意停了几秒，说，"也只有我能当你未来的丈夫。"

司空笙觉得自己好像在坐云霄飞车，她特别认真地盯着他的眼睛看，看到他的眼睛里有她很熟悉的爱意和温柔。

太好了，他还是爱着她的。

过了几秒，她深深呼吸了一口气，仿佛下了一个很大的决心似的："南骁，我准备从下个月申请调岗了。"

他一怔，挑了挑眉示意她继续说。

"我不想总是在实验室忙到没有时间陪你，我希望我能更多地照顾你一些，虽然我不会照顾人，但是我可以学。"她说，"之后我可以在实验室和办公室两头跑，不会像现在这么忙了，我也会更专注在你身上。"

"我……"她说到这里，终于是有些害羞了，眼神闪躲着说，"我从来没有那么害怕失去过什么，可是一想到要失去你，我就……"

南骁一动不动地盯着她看，过了几秒，他笑了。

"你看，你这不是已经进步了吗？"他凑近她的耳朵，哑声低语。

司空笙原本整个人还处在低气压当中，可是当他靠近她耳边说话的那一瞬间，她却不由自主地颤了一下。

南骁话音刚落，直接把嘴唇贴在了她的耳廓边上。

他亲了亲她小小的耳垂。

她顿时往后一缩，还挂着泪痕的脸一下子涨得通红。

"笙笙。"他觉得她实在是可爱极了，沉吟片刻，说，"你是来哄我的，对不对？"

她红着脸点点头。

"你对我说了你多么在乎我，多么害怕失去我，我很高兴，"他不动声色地把她拉回来，"我以前从不奢望能从你的嘴里听到这些，我知道你比别人的恋爱神经要弱许多，我觉得没关系，因为我喜欢的就是原本的你，可是，你居然愿意为了我改变自己，甚至还愿意为了我去改变你的工作状态，想把我们的感情往更好的方面发展。"

她仿佛醉酒了一般，只要觉得他说得对，立刻就像小鸡啄米似的点点头。

"我真的特别高兴。"他连着说了两次"高兴"，她甚至能够通过他脸上细微的表情变动感受到他此时的心情，在她刚过来找他的时候，她觉得他的心情其实是不怎么好的。

原来，在不知不觉之中，她也已经这么了解她面前这个高深莫测的男人了。

"既然你这么在乎我，你有没有想过什么时候可以让我们俩之间的关系更近一步呢？"他问。

司空笙在美男的低声诱惑和理智思考之间垂死挣扎片刻，想了想："你是说……"

房间里的热度开始攀升，她感受着他灼热的呼吸呵在她的面前，感受着他低下头开始和自己接吻。

唇齿间的摩挲和靠近，没有试探，没有小心，只有一如既往的缠绵和亲近。

她心想，这个世界上，恐怕再也找不到第二个像他这样，可以让她产生这么心动的情感的男人了。

他是独一无二的存在，和她最钟爱的科学不一样，她不需要伸手去抓、去追寻、去纠结，她只要回过头，他就在那里，永远不会离开，永远情有独钟。

"南骁。"她忽然像被醍醐灌顶似的，看着他漂亮的眼睛，冷不丁地蹦出来了一句，"我们结婚吧。"

南骁愣住了。

"我……"司空笙同学放完平地惊雷，贝齿紧咬着自己的嘴唇，赤红着脸开始结巴，"我，我的意思是，既然我们这么喜欢对方，也想，想以后一直在一起，那么，就不如，早点，早点结婚吧？结婚后我也可以作为家属，经常过来看你了……"

"我，虽然我在你家闯了祸，但，但我可以弥补伯父伯母对我的印象……我爸妈都很喜欢你，他们应该会同意吧……"

见他不吭声，她就一直磕磕巴巴地在那儿独自发表着个人感言。

南骁始终脸色变幻莫测地听着，终于当她已经发散到他俩的婚礼要怎么办的时候，他额头上的青筋跳了跳，直接低下头把她的嘴给堵住了。

司空笙被堵着"呜呜呜"了半天，一个字都说不上来，最后只能红着脸沉浸在他给予的深吻里。

她并没有注意到，他看着她的眼睛里，是满满的热爱。

你可以从一个人的眼睛里看出来他有多么地爱你，一个特别爱你的人，他只要望着你时眼底就会有光，可以点亮整片星辰。

等南骁把司空笙抱到床上后，她迷迷糊糊地翻了个身，然后又在睡梦中忽然一把紧紧握住了他的手。

"南骁，"她的声音像一只打着呼噜的猫儿，"南骁。"

"嗯，我在。"他好笑地在床沿边坐下，垂眸温柔地看着她。

"我爱你，"她闭着眼睛，一字一句地说，"非常非常爱你。"

南骁的呼吸有一瞬的停滞，等他回过神来的时候，她已经卷着被子又翻了个身彻底睡踏实了，只把屁股冲着他。

良久，他把眼底刚刚泛出来的一丝红逼退回去，又好气又好笑地抬起手，想冲她的小屁股来一巴掌，最后又不舍得地收了回去。

然后他才起身走到书桌边，打开第一个上锁的柜子，从里面小心翼翼地取出来了一个小锦盒。

合上抽屉，他走回到床边，把小人儿轻轻地翻过来让她正面仰躺着睡，然后慢慢地握着她的手抬起来。

他低头仔细地端详了一会她细长白皙的手指，然后将锦盒里的那枚璀璨的钻戒轻轻地推上了她的中指。

做完这些，他微微低了低下巴，亲了一下她手指上的钻戒。

"我也爱你。"他哑声道，"比你的非常非常，还要再多一个非常。"

司空笙不知道梦见了什么，这时不由自主地勾起了嘴角。

南骁看着这张可爱无忧的睡颜，觉得或许有人拿这个世界上任何一样哪怕再值钱的东西来，他都不愿意把这个女孩子交换出去一秒钟。

或许，说服对她已经感到细微不满的他父母是一个不小的工程，但他早就已经对他们说过，他非她不娶，如果不是她，他这一辈子都会一个人度过。

或许，她的确有一身的小毛病，而且再怎么努力都很难彻底改掉，可是这又有什么关系，他已经包容了她那么久，他不介意再包容她更久更久一些。

她总是这么不同寻常，一个女孩子家家在床上就这么随随便便和自己男朋友求婚，可是他却觉得有趣可爱得不行，即便他早就已经准备好了要来主导这件事……不过，被她打破了最开始的节奏，也就罢了。

反正，等她明天早上醒来发现手上的东西尖叫之后，他再来慢慢开展他整个筹备已久的求亲过程吧。

他不介意一辈子做她挚爱的引导者。

毕竟在他才十岁的时候，他就已经预定了这位他今后一辈子的爱人。

其实她问过他好多次，究竟为什么会一开始就想和她相亲，他始终没有回答，因为他有故意在逗弄她的心思——他放在心底最深沉的珍藏着的记忆，她居然一点都不记得了。

那是个枫叶飘落的秋天，他放学后走进大院儿，迎面看到一个扎着两个小鬏鬏的小女孩儿在枫树下拍皮球。

她一边拍，一边数数，数着数着，他就听到她数了起码三遍"5"。

他从小少年老成，这时背着手走过去，看着她说："小妹妹，你要我教你数数吗？"

她抬起头，一双大眼睛转了转，说："哪里数错了？"

"你数了三遍5。"

"我是故意的，我报1到5，作为一次循环，"她的童声稚嫩清爽，还带着笑声，"我就等着哥哥你来说我数错了呢。"

他看着小姑娘眼睛里的机灵，一时都被逗懵了，然后小姑娘扔下了皮球，走过来牵他的手，甜甜地叫他："南骁哥哥。"

他看着这个小女孩，不知道怎么的，身上突然涌起一股热血沸腾的感觉，他想要保护她，想要一直看她笑。

他的心跳很快很快，快得他都以为自己是不是生病了。

后来，他才知道，这叫一见倾心，从此不移。

（完）

第五夜

《女王之手》

对她来说，这个世界上，
没有比他更重要的存在了。

A国，D市。

詹德中心，中央城区，全城最大的室内场馆。

可以容纳万人的场馆此时座无虚席，一个身穿深蓝色西装服的女人正站在偌大的舞台上进行演说。

她的容貌极佳，长长的波浪卷发披散在身后，荡漾出浓浓的女人味，而且她身材十分高挑，穿着西装裤的大长腿笔直又纤细，说是超模的身材比例也不为过。

观众席里的男性，有一大半看着她的眼睛里都闪动着恋慕痴迷的光。

"……如果我有幸能够竞选成功，我一定会竭尽所能为A国带来真正的自由和平等，改变我们国家未来的征途还很长远，我希望我能成为你们信赖和依仗的先驱，如果能有你们为我投出宝贵的一票，我将不胜感激。"

说到这里，梁喻诗勾了勾嘴角，"今天我的竞选演说就到这里，谢谢大家。"

话音未落，全场已然响起雷鸣般的掌声。

她明艳动人地对大家绽开笑容，深深地鞠了个躬，转身往后台的方向走来。

走下台阶的那一秒，她就卸下了刚刚在台上的精明和强势，冲着后台帘幕的方向，调皮地眨了眨眼睛。

只见后台帘幕旁此时静静地站着一个高大英俊却面容沉冷的男人。

那男人的目光一直牢牢地锁定在她的身上，整场演说，他几乎连动都没有动过，始终站定在原地，专注又认真地听着她的每一句话，看着她的每一个神情与动作。

此时看到她的小表情，他虽然没说话，但目光却不动声色地一寸寸柔软了下来。

站在他旁边的工作人员这时背过身去，小声地交头接耳："诶，这位大帅哥是梁女王的谁呀？"

"啊？你连他都不知道吗？只要知道梁女王的人，就一定知道他啊，他几乎是寸步不离女王身边的。"

"我，我好像真的孤陋寡闻了，之前在新闻上一直都没注意过，今天第一次见，感觉他是个很低调的人，几乎都不怎么说话。"

"他呀，名叫沈亦玺，是梁女王的心腹幕僚，也可以说是她的大管家兼贴身骑士。"

"也被大家称作为，女王之手。"

从场馆的地下车库上了车，梁喻诗三两下脱下了自己身上的西装外套，利落地甩下了高跟鞋，整个人仿佛瞬间没有了骨头一样，懒洋洋地蜷在了座位上。

沈亦玺坐在她身边，看着她完成一套流畅无比的从社会精英变身成抠脚大汉的流程，有点无语。

然后她好像还觉得不够舒坦似的，这时候转过脸看着他，娇娇弱弱地对他说："我好累噢。"

他没吭声，抬头望了一眼在前面开车的司机，然后按了一下旁边的按钮，升起了前座和后座之间的黑色挡板。

接着他把两只手都抬了起来，有点无奈地对她说："来吧。"

她开心地吹了声口哨，熟练地往他的膝盖上一躺，还调整了好几下，找了个最舒服的姿势，伸了个懒腰，闭上眼睛冲他比大拇指："膝枕服务真棒。"

沈亦玺垂眸看着她精致的脸庞，垂下来的手原本想触上她细腻光滑的皮肤，可后来顿了一下，最后只是克制地抚上了她柔软的发丝。

"辛苦了。"过了一会，他低声说。

她原本闭着的眼睛这时慢慢地睁开来，看着他笑盈盈地道："我刚刚表现得好不好？"

"好，"他的手一下又一下轻轻地抚着她的发，"能看得出来有很多人都是发自内心地喜欢你支持你，刚刚你的支持率又上升了几个百分点，从第三位跃居至第二位了。"

她长长地呼出了一口气："接下来还有好几场，不能掉以轻心，毕竟现在还不是第一。"

他看着她，低声说："诗诗，你对自己过分严格了。"

"哎，"她看着他，挑了挑眉，"这位女王之手，不是我说你，对我严格本来应该是你的工作好不好，这活我怎么现在都得自己干了？你看看你，一天比一天对我要求低，不对，你现在根本对我就没有要求，我说什么你都觉得没问题，你以前可不是这样的，你以前对我可凶了好不好。"

"以前我模拟演说的时候，"她说着，开始模仿他沉下脸说话的样子，"要是我表情严肃点，你就会说，梁喻诗，你在奔丧吗？要是我表情放松了点，你又会说，梁喻诗，你在表演脱口相声？我需要买票吗？"

沈亦玺看着她绘声绘色的模仿，忍不住弯着嘴角笑了一下。

"怎么，我的模仿秀是不是一流？"见他没有反驳，她反倒更加来劲了，冲他挥了挥小拳头，"被沈叔看见你这样懈怠，他一定会揍你的。"

他垂了垂眸，温声道："你现在已经不需要我这样过分严格了。"

"为什么？"她有些不解。

他摸着她头发的手停了下来，眸光微动："因为你的羽翼已经丰满了。"

梁喻诗感觉到他的目光里此刻蕴含着什么东西，但显然他并没有想和她继续讨论下去的意思，她还没来得及说什么，他就转了话题，恢复成平日里工作时的状态。

"现在到酒店还有半个小时，打个盹吧，昨晚你为了准备演说都没有好好睡觉，今天晚宴来的都是至关重要的财阀，你必须要比刚才演说时更精神饱满。"

她是个识趣的人，这么多年的历练下来，她对他人情绪的感知力是一等一的，更何况他们俩已经朝夕相处了整整二十多年，她比谁都了解他的性子。

他是她最亲密的心腹，最贴心的发小，最信赖的伙伴，是她的手。

她对他无话不谈，甚至像把他当作第二个自己那样。

没有他，就没有今天的她。

她很清楚，他不想多说的事，他也不会希望她问，更不会想让她知道。

她不想让他生气，所以就算再好奇，她也不问。

"好。"

半晌，她点了下头，乖顺地闭上了眼。

在这个世界上，她只害怕一件事。

——他离开她。

罗琴纳酒店。

巨大的宴会厅里人潮攒动，几乎来了半个国家的名流财阀。

她身上这套演说时穿的服装显然不适合晚宴这样的场合，所以一到酒店，沈亦玺就陪着她直接上楼，前往早已经帮她安排好的套房去更换衣服化妆。

套房门口安静地站立着几个穿着黑色制服、神色机敏警惕的人，一见到他们俩出电梯，所有人立刻整齐划一地向他们行礼，然后为首的那个从贴身口袋里抽出了一张门卡，刷卡开门。

刷完后，他将手里的门卡恭敬地递交给沈亦玺："沈先生。"

"谢谢。"

他接过门卡，面色沉静地对他们说，"整栋酒店都排查过了吗？"

"都排查过了。"那人说，"尤其是宴会厅附近，我们重点排查的，没有发现任何可疑人等。"

"宴会厅里的人呢？"

"全都安插好了，等会梁小姐进去之后，所有人都会乔装近身跟着她的。"

"辛苦了。"他这才点了下头，和梁喻诗一同进房间。

她御用的化妆师和服装师已经在卧室里等候多时，他在客厅的沙发上坐下来，示意她自己进去。

谁知道她刚走到卧室门口，忽然停下脚步，回过头冲他贼兮兮地笑。

他看着她，立刻了然："要提什么我不会同意的要求了吗？"

"嘻嘻，我饿了，"她露出了小孩子一样的表情冲他撒娇，"我想吃蛋糕，罗琴纳的蛋糕特别好吃。"

"等会马上就晚宴了。"

他这么说着，可一看到她亮晶晶的眼睛，又把后面半句硬生生咽了回去，叹了口气，"……好，我让人给做了现在就拿上来。"

她这才满意地哼着小曲进了卧室。

沈亦玺揉了揉眉心，吩咐了一旁的人手去拿蛋糕，然后靠回到沙发上，拿出手机。

屏幕上显示着沈父刚刚拨过来的未接电话，他戴上耳机，回拨了回去。

"爸。"电话接通，他说。

沈父道："你和诗诗都到酒店了？"

"嗯。"

"下午的演说很成功，"沈父在那头的声音听上去颇为欣慰，"今晚如果诗诗能够获得更多财阀的支持，离第一位就更近了一步，我们这么多年的经营和辛苦很快就会有回报了。"

他没说话。

"对了，我早上跟你说的提议，你问过诗诗了吗？"沈父这时低声问道。

他的手指微微颤了颤，脸上没有什么表情，淡淡地回："还没时间问。"

"你等会抓紧时间问她，那边还在等着回复。"

沈父说："和我国第一财阀罗氏的大少爷联姻，这将会是奠定诗诗竞选成功的有力基石，第二第三财阀的财力加起来也只是罗氏的三分之二而已，有了罗氏的支持，我们甚至可以不需要再多花力气进行第二轮巡回演说。"

"而且，罗氏的大少爷罗景渠是众所周知的好口碑，他身上没有一点其他财阀公子哥的不学无术和荒淫无度，聪慧严谨为人正直，和诗诗简直是天生一对，我相信诗诗如果和他相处下来，也会喜欢上他的，诗诗是我从小看到大的孩子，我总不可能会害她，也是经过周密思虑才提出的这个建议。"

沈亦玺始终沉默地听着。

"亦玺，"沈父这时长长地吁了一口气，"爸不是不知道你的心思，可是你应该明白，我们沈家世世代代都是辅佐梁家的，我辅佐了诗诗的父亲，现在由你来辅佐诗诗，这是我们沈家人的命数，只要梁家人能够坐上那个位置，我们沈家人就算是尽了自己一生的职责。"

"帝王和功臣，永远都只能是主仆关系。"

"那是不可能，也不可以逾越的。"

直到那头沈父挂下电话，沈亦玺也没有再开口说过一句话。

他沉默地靠在沙发上，目光沉沉地落在虚空中的一点。

直到身边的手下轻轻地唤了他第四次，他才回过神来。

"沈先生，蛋糕已经准备好了。"手下指了指一旁的餐车。

他敛去了目光里所有的东西，点了下头，端起蛋糕走向主卧室。

"是我。"他敲了敲门，低声说道。

"进来吧。"梁喻诗甜美的声音从里面传了出来。

他打开门，步子顿了一下，目光一动不动地看着前方。

只见她此时身穿一条黑色的露背晚礼服坐在落地镜前，线条优美，光彩夺目，黑色将她的皮肤更是衬得白皙剔透，她整个人都精致得仿佛一个瓷娃娃。

一看到他，她的脸上立刻就露出了笑容。

"好看吗？"她从镜子里看着他，笑着问。

他一开始没有说话，过了几秒，他将胸腔里所有的情绪都压了下去，抬步走进来，哑声道："好看。"

梁喻诗看着他朝自己走近，示意身边的化妆师和服装师都先离开卧室。

卧室门被应声关上，他将蛋糕放在了一旁的桌子上，想要离开，却被她轻轻地扣住了手腕。

她仰着头望着他，忽然低声叫他："亦玺哥哥。"

听到这个称呼，他的喉结上下滚动了一下。

她指了指一旁放着的高跟鞋："你来帮我穿鞋，好不好？"

"我想要你帮我穿。"

沈亦玺在她叫自己的时候，整个人就有点儿失去了往常的理智和镇定。

他突然想起来小时候，他被沈父第一次带着去见她的情景。

当时偌大的四合院里，围满了梁父的近身保镖和侍从，她却像旁若无人似的，手里拿着一个布偶娃娃，半蹲在地上悠闲地数蚂蚁，还数得特别开心。

"诗诗。"沈父笑着叫她。

然后他就看到这个小女孩抬起了头，一双小鹿般的眸子朝自己看了过来。

亮晶晶的，澄澈又干净，里头还有点点的碎光。

让年少时的他，一瞬间就有点儿晃神。

"沈叔叔。"梁喻诗这时礼貌地叫人，声音里还带着丝奶气。

"乖，"沈父摸摸她的脑袋，指了指他，"这个就是沈叔叔的儿子，他叫沈亦玺，以后他会一直陪在你身边，教你、帮你、保护你。"

她眨巴了两下眼睛，忽然从地上站了起来。

他眼看着她朝自己越走越近，然后小小的个头站在自己面前，抬头仰视自己。

然后，她朝他伸出了手，弯着眼睛对他笑："亦玺哥哥。"

他明明白白地感觉到自己的世界，在那一刻彻底改变了。

从此以后有了颜色，也有了心动。

从那一天起，他就和这个比自己小四岁的女孩子变得形影不离，无论他走到哪儿，身后也总会回响着她甜甜地呼唤自己的声音。

亦玺哥哥，帮我拿一下这个书。

亦玺哥哥，我想吃那个点心。

亦玺哥哥，……

他明明对她很严格，为了她的快速成长，有时候还会故意凶她，可她却一点儿都不怕他。

等她长大后，多了女孩子家家的羞涩，她很少再这么叫他了，尤其是当着外人的面，可如果是四下无人的时候，她想提点过分的小要求，就会这么叫他——而且她知道，只要她这么一叫，他一般都不会拒绝她。

事实的确是如此，对于她，他怎么可能会舍得拒绝?

哪怕他自己经受再多的煎熬。

过了半晌，沈亦玺垂下眸子，转过身，拿起了桌上放着的那双高跟鞋。

梁喻诗松开手，眼底滑过了一丝狡黠的笑。

然后，在她的注视下，他对着她单膝跪了下来。

"抱歉，失礼了。"他在手触到她裙摆的时候，低声说道。

她摇了摇头，脸颊却在他看不见的角度不动声色地红了。

他这时轻而小心地撩起了她及地长裙的下摆，露出了她纤细漂亮的脚踝。

然后他一手拿起一只鞋子，另一只手轻轻地扶上了她的脚跟，缓慢地把鞋子推了上去，包裹住了她的整只脚。

望着他英俊又专注的侧脸，梁喻诗觉得自己的心跳忽然变得很快。

快得她喉头发紧，脸色泛红。

近年来，这种情况，只要在他们俩单独相处的时候，就会不断地产生，她起初并没有太当一回事，只觉得可能是因为他愈加浓郁的男性魅力，但如今看来，这并不能算是偶尔和正常的现象。

只有在面对沈亦玺的时候，她才会这样。

面对其他任何男人，她都不会。

沈亦玺给她穿好鞋后，并没有立即起身。

她整理好自己的裙子，顺便努力地平缓了一下自己的呼吸，让自己的语气听上去尽量正常一些："你是有什么话想要对我说吗?"

他点了下头。

"那你说吧，"她看他的表情这么严肃，以为是竞选环节出了什么问题，"怎么了？"

他用力地闭了闭眼，似乎是彻底下定了决心。

然后，他抬起头，望着她："针对竞选的最后关键阶段，有一个提议，你可以考虑一下。"

顿了顿，他一字一句地说："和罗氏财阀的大少爷罗景渠联姻。"

最后两个字应声落地的时候，梁喻诗怔住了。

没等她说话，沈亦玺已经开口将刚刚沈父在电话中除了最后一段话之外的所有话语都机械地重复了一遍，包括罗氏的背景、罗景渠的个人介绍以及对于她最终竞选成功的利处。

说到最后，连他自己都快觉得这是一个绝佳的好提议了。

等到他全部说完，坐在椅子上的梁喻诗的表情终于发生了一丝细微的变化。

她精致小巧的脸上没有了往日的笑容和松散，目光里也看不出深浅。

半晌，她点了点头，轻飘飘地说："听上去还不错啊，有百利无一害。"

沈亦玺听到这话，心脏一下子坠落到了谷底。

"不过，我想问一下，"她垂眸看着他，"这是沈叔的提议，还是你的提议？"

他垂在身边的手紧了紧。

"我的提议。"过了几秒，他说。

梁喻诗一动不动地注视着他。

"好。"

良久，她慢慢地从椅子上起身，居高临下地看着他，"如果是你的提议，我会采纳的。"

沈亦玺觉得自己仿佛一脚踩空，从高空摔落了下去。

一种无力和痛苦的失重感，让他感到了窒息。

"毕竟，你是永远不会伤害我，也永远不会让我难过的亦玺哥哥。"

他的身体猛地颤抖了一下。

说完这句话，梁喻诗便转身往前走去，头也不回地离开了卧室。

一室的寂静。

他慢慢地从地上站起了身，用力地闭了闭有些发酸的眼睛。

这样才是最好的。

他对自己说。

只能是这样。

晚宴会场。

这是每年D市最大的慈善晚宴，今年因为时逢竞选，还有梁喻诗以及诸多名流财阀的加入，更是比起往年显得更光彩熠熠。

沈亦玺亦步亦趋地跟在梁喻诗的身后，陪着她和每个宾客寒暄。

从楼上下来之后，她就再也没有和他说过一句话。

甚至连看都没有朝他看过一眼。

他感觉她应该是生气了，但又不知道她生气的缘由是什么。

明明他才是更痛苦的那一个，明明他说出这个提议后觉得自己的心脏都凝固了。

和梁喻诗之间僵硬的气氛，让他比以往显得更沉默，身上的疏离气息也愈加浓厚，搞得一些原本想来和梁喻诗攀近乎的宾客，看到作为女王之手的他，硬生生先被他的脸色给吓退了。

等她和一圈财阀名流寒暄完，她想去旁边休息一下，可刚走两步，就听到门口传来了人群低低的惊叹声。

沈亦玺虽然脸色很臭，但神经还是高度紧绷的，立刻就上前挡在了她的面前。

"不是有危险啦。"被他挡住的梁喻诗这时终于没好气地对他说了今晚的第一句话。

他愣了一下。

"有人来了而已，"她从他的身后走出来，看到来者后问他，"这人是谁？你认识吗？"

他也朝那边看了过去，来者是一个年纪看上去和他们差不多的年轻男人，长相英俊，但这种英俊和沈亦玺又不一样，是那种有点儿招摇的亮眼。

那人身上穿着黑金相间的西服，身材高挑，和别人打招呼的时候，嘴角勾着一抹漫不经心的笑，金边眼镜后上挑的眼尾里闪烁着点点的精光。

总之一看就不是什么简单的人物。

"不认识。"他在脑中飞快地过了一遍自己的记忆库。

长成这样的名流或者财阀，要是见过，他一定会有印象，要么就是这人平时不太爱抛头露面。

没等梁喻诗说话，那人竟然径直地朝他们两个人这里走了过来。

沈亦玺一对上对方的目光，眉头就下意识地蹙了蹙，不动声色地把梁喻诗往自己的身后拉了拉。

对方注意到了他的小动作，眼底的笑意更深了。

"久仰大名。"

那人这时示意身后跟着自己的保镖退后一些。站定到沈亦玺的面前，朝他伸出手，"你好，女王之手沈先生。"

沈亦玺没说话，过了几秒，才朝他伸出手，虚虚地握了一下。

"还有梁女王，你好。"

握完手，他冲被沈亦玺挡了半个身子的梁喻诗也笑了笑，"初次见面，平时我不太出席这种场合，估计二位也不认识我，容我先自我介绍一下。"

"我是罗景渠，罗氏的少董事长。"

沈亦玺的脸色微微一变。

他怎么今天会来这里？

梁喻诗听到对方的这句话，也是愣了一下，她侧头看了一眼脸色有点难看的沈亦玺，眼底精光闪烁，这时从沈亦玺的身后走出来，大大方方地上前几步，和罗景渠握了一下手："你好。"

罗景渠推了下自己的眼镜，慢条斯理地说："沈先生的父亲说你的行程很满，让我今天先来这里和你打个招呼，以免之后十天半个月见不到面，信息交流再多毕竟比不上当面一见来得踏实。"

这话说出来，颇有一些在往联姻的事情上扯的心照不宣。

沈亦玺的心一沉。

原来是沈父怕他不愿意把这个提议告诉梁喻诗，自作主张把事情往前推进了。

她听到这话笑了一下，浅浅的酒窝显得非常可爱甜美："真要抽空还是能抽得出来的，倒是麻烦你今天这样特意过来一趟。"

"也不打紧。"

罗景渠优雅地接过一旁侍从递过来的酒杯，朝她举了举杯，"得见美人，万分值得。"

梁喻诗和他碰了碰杯。

沈亦玺在旁边站着，眼神像锋利的刀子一样朝罗景渠飞了过去。

罗景渠明显感觉到了，但全当没看到似的，喝完了酒杯里的酒，他忽而优雅地朝梁喻诗伸出了手："梁女王，愿意和我共舞一曲吗？"

宴会厅的中央此时都是在相依相偎缓步舞蹈的宾客，气氛显得舒缓又浪漫。

"抱歉。"

没等梁喻诗说话，沈亦玺终于抓到机会，冷冰冰地开口道，"这里人太多，以防有人对她不利，她不可以单独和你去那边跳舞。"

罗景渠听到这句话，也没有生气，只是似笑非笑地点了点头："女王的骑士果真是名不虚传。"

谁知道，下一秒，梁喻诗忽然将手放在了罗景渠的手臂上。

在沈亦玺紧绷的目光中，她轻轻地挽住了罗景渠："可以的。"

"沈先生已经在宴会厅四处都布下了人手，一曲舞蹈的时间，应该还是安全的。"

她话是对着罗景渠说的，目光却看着他，"毕竟他是女王之手，我很放心。"

沈亦玺怀疑自己是不是听错了。

等沈亦玺回过神来的时候，梁喻诗和罗景渠已经走远了。

他站在原地，眼睁睁地看着他们俩走到宴会厅的中央，其他人看到他们俩过来，都自觉自动地让开了一条道。

虽然绝大多数人一开始都不知道罗景渠是谁，只觉得他来头应该不小，但是当看到他身后侍从穿着的衣服上罗家的家族徽章，都立刻明白了他的身份。

众所周知罗家大少爷虽然能力出众，但一直行事低调，几乎从不在公众场合露面。

这可是他第一次出面，而且第一个动作竟然就是和梁喻诗跳舞。

看样子，一直都没有在竞选中明确表态的第一财阀罗家是要准备站队梁家了吗？

一时之间，整个宴会厅的目光都朝他们两个聚焦了过去。

罗景渠对这些目光受之泰然，这时扬起唇角朝她伸出手，做了一个邀请的动作。

梁喻诗笑了笑，也大大方方地把手放在了他的手心里。

"失礼了。"他轻握住她的手，另一只手虚虚地搭在了她的腰际。

两人开始在舒缓的音乐下慢慢起舞。

跳交谊舞是她从小就开始学习的课程，彼时还是沈亦玺作为她的舞伴，一边陪着她跳各种舞蹈，一边指导精进她的舞步。

怎么又想到他了。

她这时轻轻地晃了一下自己的脑袋。

这位不解风情的木头人总有一天会把她活活气死，不过她觉得刚刚那一下，估计也把某人气得不轻。

"梁女王，您跳得很好。"罗景渠的目光里带着淡淡的笑。

"过奖，"她说，"罗先生才是。"

"叫我景渠就好，"他耳朵上价值不菲的黑色耳钉在灯光下折射出了淡淡的光泽，近看，更显得这个面容英俊的男人透着一股骨子里泛出来的招摇，"我可以叫您诗诗吗？"

她点了下头。

罗景渠抿了抿唇："不过，我要是胆敢在女王之手面前这么叫，或许下一秒我人头就要落地了。"

她没接话。

跳了一会，她看着他的眼睛开口道："大家都是聪明人，我就开门见山了，我希望罗家在这次竞选中能够支持我。"

他微微颔首："嗯，够直接的……所以，我今天不就是为此而来的吗？"

"但是，"她说，"罗家支持我的条件将不是我们两个人的联姻。"

罗景渠一点儿都没有惊讶，他沉默两秒，似笑非笑地望着她："女王大人，咱们罗家虽然有钱，但也不是不求回报的慈善机构，对于竞选我们将会出动数不清量级的资金和人力支持，如果你我不联姻，咱们罗家是准备倒贴白送你钱吗？"

"我竞选成功之后，罗家将作为我指明的代表财阀，拥有控制其他财阀的绝对制衡权，梁家的大部分资源我也都会无偿提供给罗家，商政结合，将给罗家带来数不清的丰厚利益。"

她一向甜美可人的脸庞上，此时带着渐渐浅显的锋利："如果罗家这一次不站在我的阵营，那么等我上任之后，我将用尽一切手段封杀罗家的窗口。"

他听完她这段已经近乎威胁的话语，非但没有生气，还笑得更招人了："听你这语气，你是觉得自己一定会竞选成功了？"

"那是必须的，"她自信满满，"无论你帮不帮我，我都会成功。"

罗景渠这时后退一步，借着舞步将她整个人往自己身上带："你提的建议，我会考虑的，不过，恕我冒昧地问一句——你见了我真人，竟然并没有一点想和罗家联姻吗？你这样让我很伤自尊啊，女王大人。"

他说着，还做了一个捂着心口的小动作。

她也笑了："这和你没关系，我只是不接受封建社会那一套包办婚姻而已。"

"噢？"他垂了垂眸子，"你是不接受包办婚姻，还是早就已经心有所属？"

梁喻诗怔了一下，抬起头，发现他的眼底含着淡淡的揶揄。

"你现在要是回过头去，"他说，"就会发现咱们伟大的女王之手沈先生浑身都燃烧着熊熊烈火，如果可以持枪进宴会厅，我的头现在应该已经变成马蜂窝了。"

她下意识地借着余光瞥了身后一眼，就看到沈亦玺此时的脸是她认识他这么久以来，她见过最臭的一次。

"不用我说你应该也知道沈先生看你的眼神，可不是正常发小和心腹幕僚该有的眼神。"

罗景渠眯了眯眼，"不过看样子，他是有自己的心魔过不去，所以才一直都不敢捅破那层窗户纸吧，我的天，都这么多年了，他竟然能忍得住吗？他那方面真的没有问题吗？"

梁喻诗轻轻地翻了个白眼："罗景渠，我劝你善良。"

他笑得更开心了。

"我们联姻不成，不仅仅是因为沈亦玺。"

谁料，她这时忽然冷不丁地来了一句，"恕我直言，你今天来的目的，也不是想真的和我联姻，只是想来探探我的口风而已，因为无所不能的罗少爷也有自己拼了命都得不到的人。"

她话音落下，一直脸上带着笑容的罗景渠，脸庞几乎无法察觉地僵了一下。

"虽然你行事极其小心，但也别小看女王的情报网，"她露出了小狐狸般的笑容，"我刚知道你名字的时候，就让人去查了，刚刚消息已经回过来了，罗少爷，你可真是个痴情种啊。"

没等他说话，她又不紧不慢地说："我们都有自己要捍卫的人，但也都有世俗带给我们的枷锁，不如我们结成同盟，获得双赢，如何？"

罗景渠一直都没有说话。

直到整支舞蹈结束，他才终于再次露出了笑容。

"诗诗，你真是太有意思了，你这么有趣，我怕我会在同盟过程中假戏真做，真的爱上你啊。"

梁喻诗心中一定，礼貌地松开了他的手，后退一步，笑眯眯地："滚。"

沈亦玺现在想杀人。

应该说，自从罗景渠出现在他和梁喻诗面前的那一刻，他就开始浑身烦躁。

这种不爽的情绪，从她挽着罗景渠的胳膊去跳舞的时候终于达到了巅峰。

她竟然叫他沈先生。

她刚刚在楼上还甜腻腻地叫他亦玺哥哥，要他给她穿鞋。

而且这是她头一次挽着他之外的男人，还要和那个男人跳舞。

他有一瞬间已经想要冲上去把她给拉回来了。

他们在说什么？

为什么他们俩都笑得那么开心？

还有罗景渠的手，是谁允许他这么碰她的腰的？

所有的冷静和理智在这一刻都不管用了，一向面对所有事情都云淡风轻连眉毛也不挑一下的沈亦玺在原地浑身僵硬地看着他们，忍不住恶狠狠地磨了一下自己的后牙槽。

他可真想把罗景渠那个招摇的花蝴蝶给直接轰成碎片。

但是长久以来的隐忍、教养还有最后的那丝理智终于还是让他一直煎熬到了那支舞的结束。

几乎是梁喻诗人刚离开舞池中央，他就已经迎了上去。

她淡淡地看了他一眼："我累了，想回房间休息了。"

"好。"他臭着脸，二话不说，就想带着她先离开宴会厅。

"诗诗。"

谁知道，下一秒，罗景渠的声音就从后面追了过来。

沈亦玺一听到他叫她"诗诗"，脸都绿了，终于忍不住冷冰冰地开口道："罗先生，麻烦你自重。"

罗景渠一点儿都不生气，还温尔文雅地笑了笑："沈先生，我想我对我的未婚妻不需要自重。"

沈亦玺眯了眯眼，嗓音愈加可怖："你说什么？"

梁喻诗敛去了眼底的笑，生怕罗景渠这位喜欢玩火的大少爷把沈亦玺惹得当场在这儿发怒，假装上来先打了个圆场："罗先生，这只是一个初步提议，具体的细节我们等之后再议。"

罗景渠莞尔一笑："好，保持联系，我会思念你的。"

沈亦玺的眼睛里都冒着火光，可眼下周围都是人，就算是为了梁喻诗，他也不可以当场失态。

沉默两秒，他紧紧地捏了捏拳头，跟着梁喻诗大步往外走去。

一路无话。

他憋着一肚子的火，一直到出了电梯跟着梁喻诗走进套房。

一进她的卧室，他就冷着脸对在房间里等候着要帮梁喻诗换衣服卸妆的侍从们说："你们先去套房外面等着，我们有话要谈。"

侍从们本来就对这位说一不二又雷厉风行的女王之手颇为敬畏，立刻全都飞快离开了房间。

梁喻诗脸上的表情还是很淡，她在偌大的床上坐了下来，抬头看向他："有什么话要谈，可以明天吗？我有点累了。"

他一动不动地看着她："你同意要和罗景渠联姻这个提议？"

她不咸不淡地说："初步同意，还有些细节需要商量。"

听她亲口说出来，他觉得自己人都要站不稳了："你喜欢他？"

她没说喜不喜欢："我觉得他挺好的。"

"哪里好？"

"长得好看，人也聪明，谈吐风趣，教养优良，有什么不好？"

沈亦玺沉默两秒，怒极反笑："你就见了他第一面，看到的全是表象的东西，你对真正的他又了解多少？他那副招摇的样子，他能有忠贞不二的心吗？他能真心对你好一辈子吗？"

她望着他："这些并不重要。"

"不重要？"他向前一步，咬牙切齿地直呼她的全名，"梁喻诗，二十年了，我从来没有教过你要把自己的婚姻和未来当儿戏，这不是在选利益伙伴，这是在选你一辈子的伴侣！"

"所以呢？"

她被他吼了也没生气，只是紧紧地盯着他的眼睛，"你既然觉得罗景渠配不上当我的伴侣，那要不你去帮我找一个吧？"

他轻轻地喘着气，一时没吭声。

"你觉得他花心，觉得他不踏实，那请你去找一个真心爱我，对我忠贞不二，还能在大选中帮到我的人吧，毕竟你这二十年来，每一天对我的关心和照顾、为我付出的目的，都是为了让我最终能够赢得这场大选而已。"

沈亦玺在听完她这段话后，整个人都轻轻地摇晃了一下。

半晌，他开口："诗诗，我……"

"难道不是吗？"她抬了抬眼皮，"你和沈叔，你们沈家世世代代的每一个人，都只是出于忠臣对帝王效劳的初衷，除此之外，你还对我怀抱着其他的感情吗？"

她最后的这句问话，仿佛是一柄利剑，直直地朝他心口的方向射了过来。

他站在原地，毫无反击的余地，瞬间被刺得鲜血淋漓。

这是他一直以来，不断地被他的父亲，被他家族的熏陶，在警醒着自己的话。

每当他因为她的笑容而心动不已的时候。

每当他因为她的声音而情不自禁的时候。

每当他差一点就想拥抱她、亲吻她的时候……

都有一个声音在对他说：沈亦玺，不可以。

她不是你可以触碰的人，你没有这个资格。

你只能帮助她，辅佐她，除此之外，你不能再对她抱有第二种感情。

哪怕你早就已经深深地，无可救药地爱上了她。

卧室里寂静无声，她眼底闪烁着点点的光看着他，两手紧紧地握着拳，屏息等待着他的反应。

不知道过了多久。

他张了张嘴，声音已经完全哑了："我没有怀抱着别的感……"

他话还没有说完整，她眼底那浅浅的一束光，已经瞬间熄灭了。

"沈亦玺。"

半晌，她面无表情地对他说，"所以你没有资格管我和谁结婚。"

说完这句话，梁喻诗再也没有想要和他继续谈话的意思，自己直接起身去了外头，把侍从都给叫了进来。

眼看着化妆师和服装师鱼贯而入，她语气淡薄地对着站在原地沉默不语的沈亦玺说："沈先生，今天没什么事了，你回去休息吧。"

这是一道不留情面的逐客令。

沈亦玺此刻没有在她的脸庞和语气里感受到一丝的情感，那个这么多年来总是习惯在私下无人的时候对他撒娇、向他要表扬、和他耍赖皮的"诗诗"忽然就没有了踪影。

现在的这个梁喻诗，是其他所有人看到的，精明又强势的梁女王。

半晌，他重重地呼吸了几口气，捏紧了拳头，转身出了卧室。

梁喻诗在身后看着他疾步离开的背影，闭了闭眼，努力把眼眶里那股酸涩的感觉给逼退了回去。

从那天之后，他们之间的氛围就彻底变了。

他还是那个最称职的女王之手，为她安排妥帖一切行程，为她提供所有专业的建议，为她打理大大小小的事宜，把她照顾得滴水不漏，她依然还是将他当做自己最信任的心腹幕僚，专注地在他的辅佐下，为竞选的最后阶段做着充分的努力和准备。

只是，他们在私底下再也没有过任何交流。

她再也没有叫过他一声"亦玺哥哥"，再也没有躺在他的膝盖上休息过，再也没有和他开过一句玩笑。

她礼貌疏离地叫他"沈先生"，像君臣那样和他交谈，认真地向他道谢。

他们明明近在彼此身侧，却仿佛离得很远很远。

而与此同时，他开始听到她和罗景渠频繁地通话。

每一天，无论是在演说场馆的后台，还是在会议室的外头，她都会抽空拿着手机走到一个安静无人的角落，和罗景渠打一会电话，聊上几句，不知道电话那头的罗景渠说了什么，总是可以很轻易地就将她逗笑。

而且她脸上的笑容确实是真实的，不带一丝虚伪和客套的，就像她以前私下里对着自己笑那样。

沈亦玺就在不近不远的地方这么看着她。

他什么都不能说，什么都不能做。

这是她选择的未婚夫，也是最适合她的未婚夫。

他只能祝福她，祝福他们。

竞选的最后一场演说在P市圆满落下帷幕。

上周罗景渠已经公开宣布了他和梁喻诗即将在下个月完婚的消息，在全国瞬间引起轩然大波，随后罗家在各方面都开始全力支持着她的竞选，有了罗家的支持，让她更是如虎添翼，势头很猛，梁喻诗目前的支持票数和第一名已经只相差为数不多的票数，即将反超。

演说结束后，沈父打来电话，语气里透露着满满的欣喜，说离登顶第一竞选成功已经指日可待。

身边团队的所有人……下属和侍从都很高兴，可沈亦玺却一点儿都高兴不起来。

他非但不高兴，反而一天比一天情绪更低落。

他的低落表现为周身气场愈发地沉默阴沉，原本他就是那种不苟言笑的人，最近更是让人完全猜不透他在想什么，一天下来都不笑一次，属下和侍从看到他比以前更害怕，向他汇报工作的时候总是战战兢兢的。

回P市酒店的路上，梁喻诗接了个电话，因为他就坐在她的身侧，可以很清楚地听到电话那头的声音是属于罗景渠的。

她笑着听完了电话，然后转过头面对他时脸色又变得平平淡淡的："沈先生，麻烦你现在派人去一下我们入住酒店的大堂。"

他对那个"沈先生"已经麻木不仁，面无表情地说："要取什么东西吗？"

"有。"她神色平静，"特别定制的第一版婚纱做好了，景渠让我先试一试，不合身还能改，婚纱店的人已经拿着婚纱等在大堂了。"

"婚纱"那两个字，瞬间使得他整个人都震了震。

之前听罗景渠开发布会的时候，他只是用哀莫大于心死去麻痹自己，可是当这件事开始真实地发生在他眼前时，他才发现，他的心脏开始不断地传来他无法忽视的钝痛。

几乎是克制着自己努力缓了两秒，他才点了下头，转而给酒店的人手打电话。

梁喻诗在他身侧坐着，不动声色地看了他几眼。

回到了酒店之后，她放下东西，第一时间就去了卧室试穿婚纱。

沈亦玺坐在客厅的沙发上，发现自己放在膝盖上的手不住地在颤。

他想尽量让自己显得很平静。

可是，他花了那么长时间、那么多努力做的心理建设和自我麻痹，在看到卧室门打开的那一刻，还是瞬间被瓦解了。

日暮的余晖从窗外倾泻进来。

就在这抹温柔的光影下，她身穿着露肩的洁白婚纱，一步一步，慢慢走到卧室门前看着他。

这件婚纱有着繁复的花纹设计，点缀着昂贵的钻石，将她整个人都衬得又仙又美，可是他却觉得，这个世界上再珍贵的珠宝，她都能配得起。

他从小捧在手心里的姑娘，值得这个世界上最好的。

沈亦玺一动不动地看着她，目光近乎大胆和贪婪。

"沈先生。"她这时迎上了他的目光，淡淡地问道，"你觉得怎么样？"

他的喉结上下翻滚了一下。

怎么会不好看呢。

他想。

她是他这辈子见过最美的女孩子。

穿了洁白婚纱的她，更是点亮了他的梦。

过了良久，他没有开口，只是轻而慢地点了点头。

"这件婚纱，真的很配您！"

"罗先生的眼光真的好好啊！我这辈子都没有见过这么漂亮的婚纱！"

"您结婚的那一天，一定会是全世界最美的新娘！"

一旁的服装师、化妆师和侍从这时终于都忍不住发出了感叹。

许许多多的人声，他听到了，又仿佛什么都没有听进去。

他的脑子里此刻只有一个念头。

她要结婚了。

她真的要穿着这件婚纱结婚了。

她要穿着这件婚纱嫁给别的男人，和那个男人携手共度余生。

她从此以后只会对着那个男人笑，被那个男人亲吻拥抱，为对方怀孕生子。

而他，就会继续待在这个离她最近的地方，守着这颗自怜自哀、不敢向前一步突破身上束缚着自己的枷锁的心，一辈子默默地注视着她。

她所有的故事，都将与他无关。

等他回过神来的时候，下属和侍从们都已经离开了房间，梁喻诗默默地站在卧室门前看着他，叫他："沈先生。"

沈亦玺抬头朝她望过去。

四目相对，他听到自己脑子里那根维持了二十多年的弦，彻底崩断了。

下一秒，他直接从沙发上起身，大步朝她走了过去。

在她讶异的目光中，他一把拽住了她的手，将她拉进了卧室里，反手关上了门。

梁喻诗张了张嘴："你……"

他的目光里翻滚着滔天的情绪，这时伸出手将她整个人从地上将她公主抱了起来。

她人很瘦，就算穿着繁重的婚纱，这么抱起来也不重，他将她拖地的裙摆卷了起来抓在手里，轻轻松松地就将她抱到了大床上。

然后他单脚跪在床边，两手撑在她的脸颊旁，居高临下地俯视着她。

她的目光动了动。

"诗诗。"他俊逸的脸庞上充斥着满满的情动，他盯着她的眼睛，一字一句地说，"我不想再忍了。"

然后，他抬起她的下巴，低头就吻了下去。

他的吻很重，带着一股子炙热和滚烫，还夹杂着一丝青涩和莽撞，梁喻诗被他吻得有些喘不过气来，想要挣脱，却被他按着手，更深地亲吻着。

"沈亦玺……"过了一会，她实在是吃不住，用脚去踢他，"你先给我等一下啊……"

他的神志终于被她唤回来了一些，他粗喘着气，从她被他亲得嫣红的嘴唇退开来。

她缓了下呼吸，望着他，声音里一时听不出情绪："你是疯了吗？你知道你现在在做什么吗？"

他沉默两秒，咬了下牙："我没疯。"

"你难道不知道我马上就要嫁给罗景渠了吗？"

他闭了闭眼："我知道，但我不想让你嫁给他。"

她眯了眯眼："我上次就说过，你根本就没有资格……"

"我爱你。"他哑声道，"梁喻诗，我从第一次见到你的时候就爱上你了。"

这句压在他心口多年、如同梦魇一般的话，此刻终于从他的身体中抽离了出来，一时之间，他竟觉得这并没有他预想中的那么可怕，反而让他整个人都变得轻松了起来。

梁喻诗一动不动地望着他，眼睫微微地颤了颤。

"所有人都告诉我，我不可以爱你，我不能够爱你，我只能在你身边永远当你的女王之手，所以我一次又一次地退缩，甚至还要否定自己对你的感情……其实我对你的感情从来就不是什么君臣对帝王的情感，而是一个男人对自己心爱的女人最直接的渴望。"

他越说，声音越低哑："你可能会说为什么非要等到现在我才说出来，是，我之前太过胆小，我怎么样也不敢说，但是现在，无论会遇到什么困难，我都必须要说出口了，我不想看你嫁给除了我之外的男人。"

"诗诗，这么多年，你根本就不知道我是用什么样的心情去看着你成长，看着你变得一天比一天更让我着迷，我……"

"我知道。"

她这时忽然低声打断了他的话，"沈亦玺，我都知道。"

"我知道你看着我的眼神是什么样的，我也知道你对我的感情早就已经超出了你被允许的范畴，但那又怎么样呢？因为我也一样。"

他愣了愣，继而眼睛里迸发出了难以遮掩的亮光。

他还想要继续说些什么，却被她抬手制止了。

"还有，你到底会不会接吻？"她的眼睛亮晶晶的。

"我。"他愣了一下，俊逸的脸庞上飞快地闪过了一抹可疑的红，"我从来没亲过女孩子。"

梁喻诗被这个木头逗得笑出了声，然后她拎着他的衣领把他拉下来靠近自己，朝他吻了过去。

这是沈亦玺这么多年来，做梦都想要得到的女孩子。

她对他而言，太过奢侈珍贵，是他原本觉得自己一辈子都只能注视而不能触碰的梦想。

现在，这个梦想已经来到了他的眼前，还告诉他，他们是两情相悦的。

沈家祖传的家训，她和罗景渠的婚事，他们俩这么多年都没有越过的那条线……在这一刻，全部都变成了泡沫。

只要伸出手，她就是他的人。

他低头亲了亲她的发丝："诗诗，对不起，让你等了我那么久，我还差点把你拱手送给别人。"

她听得眼睛有点发热。

沈亦玺一动不动地盯着她看了几秒，然后抱着她，认真又虔诚地在她的耳边说："我爱你。"

从以前，到现在，从未停止。

所幸我终于愿意跨出这一步，把我小心守候着的姑娘，变成了自己的所有物。

"诗诗，我这辈子再也不可能放开你。"

这一觉，她睡得特别踏实。

梦里，她仿佛回到了她和沈亦玺初次相见的那一天，她仰头看着这个"亦玺哥哥"，从此以后，就把他深深地烙印在了自己的心里。

她一天比一天更喜欢他，只有他在她身边，她才能大步往前走。

梁喻诗醒过来的时候，好像听到了有人在她的床边打电话。

"是，我顿悟了，但这跟你没有半毛钱关系，从今以后请你不要再跟诗诗打一次电话，你只需要和我联络。"

"我翻脸不认人？你以为诗诗没有你就不能竞选成功了？你未免太看得起

你自己了。"

"你的婚纱我会立刻派人给你送回去。"

"你们俩谈好的条件必须继续履行下去，你还想不想知道邢小姐的下落了？"

她动了动身子，旁边的人似乎一直在注视着她，这时立刻挂了电话，在床边坐了下来。

沈亦玺低头亲了亲她的额头，柔声道："醒了？"

她瞪了他一眼。

他忍着笑："对不起，女王大人……不过也请你理解我。"

她忍不住说："你没听过来日方长吗？"

"听过。"他又低头亲了亲她的嘴唇，"但是我实在太怕我自己是在做梦，梦醒就什么都没有了。"

这句话，让她听得心有点儿疼，她想了想，对他说："沈叔那边……"

"我会去解决的，"他坚定地说，"你不用担心，哪怕他把我打进医院，我也一定会娶你。"

她笑了一下："我要和你一起去，我可不想我的未来丈夫被打进医院。"

"好。"

梁喻诗这时试图从床上半坐起来："我记得今天是不是有几个人要会见？"

"嗯。"他把枕头给她垫到身后，抱着她坐起来，"我都推到明天去了，今天一整天你不需要做任何工作上的事情。"

她望着他，揶揄道："这位女王之手，我觉得你是在滥用公权……对了，你刚刚在和罗景渠打电话？"

一听到这个名字，沈亦玺脸上的表情一下子就变得很臭："嗯。"

她忍不住笑了："你干嘛一看到他就像看到阶级敌人似的？他这次真的还帮了挺多忙的。"

他冷着脸说："我一看到他那副招摇的花蝴蝶样子就想对他动手。"

梁喻诗笑得不行："哎呀，他真的不喜欢我，他心里有颗巨大的朱砂痣，点都点不掉。"

"我知道。"他点了下头，"你就是用那颗朱砂痣当砝码和他谈的合作。"

"我之前太生气了，脑子根本不转，也没想过要去好好调查一下他，刚刚你睡觉的时候我把我漏掉的功课都给补回来了，"他说着，抬起手抚了抚她的脸颊，"诗诗，这段时间辛苦你了，对不起。"

她动了动唇："那你要怎么补偿我？"

他低垂着眸，将她的手握在手心里，贴在自己的胸膛前："漫漫一生，慢慢补偿。"

"诗诗。"

他这时忽然道："这么多年，我一直都被束缚在传统和规则里动弹不得，不敢拥抱你，不敢说出爱，不敢向前，但是我从今天开始，再也不想当一头困兽了。"

她怔了一下。

"所以，你有没有兴趣，和我一起疯狂一回？"

大选的前一天，是梁喻诗和罗景渠对外宣布完婚的日子。

D市的大教堂里此刻早就已经坐满了被邀请的宾客，所有人都在屏息等待着新郎和新娘的入场。

到了时间，乐队们开始演奏背景乐曲，此时，一个身穿着白色西装的男人一步一步慢慢走到了最前方。

等到那个人转过脸面对着大家的时候，宾客们都愣住了，然后下一秒，所有人都开始低声讨论了起来，有的人甚至还在怀疑自己是不是看错了。

这个高大英俊的男人，竟然不是罗景渠。

而是沈亦玺。

大白天的，新郎换人了？换成女王之手了？这到底是什么鬼？

他的嘴角勾着一抹淡淡的笑，在所有人惊异的目光中，他认真又虔诚地看着此时被打开的教堂大门。

梁喻诗穿着精致漂亮的白色婚纱，盖着纯白的头纱，挽着一个穿着黑西装的英俊男人，一步一步地走了进来。

而宾客们看到梁喻诗挽着的那个男人时，都有人吓得从座位上直接站起来了。

这个男人，不是梁父，而是本该作为新郎的罗景渠！

天呐，这三个人到底在搞什么？！

整个教堂里此刻都充满了哗然和震惊，在聚光灯一样的眼神中，梁喻诗笑着一步一步往沈亦玺的方向走。

罗景渠今天比以往更招摇，他左耳戴着黑色耳钉，右耳戴着银色耳钉，再配上他一贯的似笑非笑，简直是浑身上下都写着骚。

他一边陪着梁喻诗走，一边说："看这样子，今天所有的头条都归你了，明天大选你稳拿第一，我看有人都快吓出心肌梗塞了。"

"沈亦玺敢玩这一出，我对他简直是刮目相看，也不枉我这段时间忍受着他机器人一样的音调，天天和他打好几次电话商讨细节。"

那天之后，他们三个就开始秘密策划今天的劲爆婚礼——新郎换人，由原新郎引着新娘上台，成全女王和女王之手的真爱。

沈亦玺是真的疯了，天性低调的他，这一回就想用最高调的方式，在所有人的注目下正大光明地迎娶他的新娘。

这是早就该属于他的。

快要走到沈亦玺面前的时候，梁喻诗笑着对罗景渠说："谢谢你，我的合作伙伴，我的朋友……还有，你的酬劳，在教堂的后花园。"

原本目光里带着散漫的罗景渠一听到这句话，眼神瞬间就变了，他的唇动了动："真的？"

走到台前，梁喻诗松开了挽着他的手，走上台阶，回过头冲他笑："快去吧。"

沈亦玺在台上，轻轻地握住了她的手，将她小心地带到了自己的面前。

四目相对，他的眼眶一下子就红了。

神父在念着祝词，他看着她，低声开口："你比我想象的更要美千万倍。"

她朝他眨了眨眼睛："是你婚纱挑的好。"

他觉得自己此刻有千言万语想要说，可到了唇边，却只感觉到眼眶和鼻尖的酸涩。

梁喻诗这时狡黠地笑了一下，"你大概是我见过的唯一一个在婚礼前破了相的新郎。"

沈亦玺知道她是在说之前他们去找沈父和梁父摊牌的时候，他被盛怒的沈父用雕像砸到了的眉角，这个伤口多少还是会留下疤痕，不过好在在他们俩的据理力争之下，两个大家族终于还是慢慢接受了这对第一代由君臣关系、转变为夫妻关系的伴侣。

用一道疤，换自己最爱的女孩子，他觉得太值得了。

很快，他们在神父的引导下分别完成了自己的誓言，神父笑着说现在新郎可以亲吻新娘了，他几乎是闪电般地伸出手，就将她紧紧地扣进了自己的怀里。

在他低下头亲吻她之前，她笑着流下了眼泪："亦玺哥哥，谢谢你也让我圆梦。"

在她十六岁生日的时候，她曾许下过一个愿望。

她希望她长大之后，可以嫁给她身边的这个男孩子，她知道他是她的心腹、她的伙伴、她的"手"，他将不离不弃地陪伴她，一直到她获得大选成功的那一天。

他理应在她获得成功的那一天，就离开她的生活。

可是，她却不想这样。

她宁愿她没有大选成功，也想要他陪伴在自己的身边。

对她来说，这个世界上，没有比他更重要的存在了。

而今天，她的愿望终于实现了。

他成为了她的丈夫。

从此以后，一生一世，一双人。

罗景渠从教堂出去的时候，几乎是用跑的。

阳光铺洒了一地，照在人的身上暖融融的，他没跑几步，却发现自己已经出了汗。

亦或者不是因为热，只是因为他太紧张罢了。

一路飞快地来到了教堂的后花园，他站在原地，一边喘着气，一边看着郁郁葱葱的树木和娇美的繁花。

花园里静悄悄的，一点儿声音都没有，似乎根本没有人。

他一边想着难道梁喻诗和沈亦玺在骗自己，一边试图往花园深处再走几步，他刚刚转过了一个弯，就停住了步子。

只见花园里的一张小石凳上，此时正坐着一个女孩子。

那个女孩子黑发如瀑，脸庞精致小巧，她穿着一条碎花连衣裙，静静地坐在石凳上，膝盖上摊着一本书。

罗景渠一动不动地站在原地，他贪婪又小心地看着这件无价的珍宝。

那个女孩子看了一会书，不经意间抬起头。

当她淡棕色的眸子朝自己看过来的时候，他的喉结上下翻滚了一下。

他的眼眶一瞬间有点泛红，他步履踉跄地往前走了几步，然后好像一下子没有站稳，差点跪在了地上。

"漾漾。"他半跪在地上，轻轻地抓住了她的手，哑声叫她的名字。

邢晨漾看了他几秒，然后笑了一下。

罗景渠连呼吸都要停止了。

（完）

第六夜

《告白色》

这个世上我最挚爱的色彩，
是你对我的告白。

D市，大教堂。

即将上任的本国新掌门人梁喻诗和她的女王之手，也是丈夫沈亦玺的婚礼现场。

邢晨漾跟着罗景渠一起回到教堂的时候，梁喻诗正在大家的欢呼声中准备扔捧花。

她的手被罗景渠一路紧紧地牵着，他的手扣得很用力，弄得她都有点儿疼了，她实在忍不住，才在喧闹声中，用手指戳了戳他的肩膀："罗景渠，你轻点儿，疼。"

罗景渠整个人都沉浸在失而复得的冲击中，脑子转得也比平时要慢许多，他缓了两秒，才反应过来她的意思，手稍稍松开了一点。

但也只是一点点而已。

她眨了下眼睛："还是很痛。"

罗景渠回过头看了她一眼，没忍住，用平时那股漫不经心又带着点戏谑的口吻对她说："那你就继续疼着吧，反正我挺舒服的。"

她张了张嘴想说句什么，他已经把头转回去了。

这男人怎么还是那么小心眼。

一如既往。

她心想。

他带着她回到了人群的最前方。

梁喻诗的捧花从刚刚拿在手里一直到现在还没抛出去，下面不少单身女性都在那儿"嗷嗷待哺"地等着花，而邢晨漾注意到，一直到她进来，梁喻诗才优雅从容地对着大家说："好了，我现在真的要扔了噢。"

她直觉不妙。

刚想往后退一步，这罗景渠的手又跟铁钳似的抓着她，她进也不是，退也不是，只能眼睁睁地看着梁喻诗手里的捧花往她的方向砸了过来。

是的，尊敬的女王大人连眼睛也不眨，笑得像朵大喇叭花似的，直接把花冲着她的脸上怼了过来。

邢晨漾没有办法，只能用没有被罗景渠握住的那只手去接捧花。

在一圈人羡慕的惊呼声中，她在众目睽睽之下尴尬地把那束漂亮的捧花抓在了手心里。

本来她和罗景渠一起来的时候，就已经有很多人注意到她了，这下可好，她的身上仿佛被打了一束探照灯，所有人都在盯着她猛瞧，她还听到有不少人在议论她到底是谁、和罗景渠又究竟是什么关系。

她抬起头，看到梁喻诗笑得像一只得逞的小狐狸般靠在沈亦玺的肩膀上，站在台上优雅从容地说："恭喜你啊，漾漾，接了我的捧花，绝对心想事成，祝你早日成家，早生贵子。"

说完，梁喻诗还冲她身边的罗景渠一阵挤眉弄眼。

罗景渠虽然没说话，但是脸颊上也挂着一抹淡淡的笑意。

她合理怀疑这两人绝对是提前串通好的。

也是，连她都是梁喻诗帮忙罗景渠上天入地找到的，助攻一下让她接捧花也是合情合理。

她想到这里，不禁抬头看向了前方高大英俊的沈亦玺，心里为这位女王之手默默地捏了一把汗。

梁喻诗这女的看着挺和气的一个人，但实际上腹黑得紧，一肚子坏水。

也难怪能和罗景渠玩在一块儿，结成同盟。

接了捧花，还在所有人面前高调露了脸，《罗氏财阀大少爷拉着神秘女子闪现梁女王婚礼现场》的明日八卦周刊头条新闻也已经提前锁定，罗大少爷的脸色却变得越来越难看，他跟梁喻诗打了声招呼，便把邢晨漾直接从现场带走了，连接下来的婚礼晚宴都给翘了。

看着他们一路出了教堂，沈亦玺才靠在梁喻诗的耳边低声问："我是真没想到把罗景渠这么多年搞得鸡飞狗跳的竟然是这么一个纤细柔弱的小姑娘。"

梁喻诗侧头看了他一眼："你是真的不懂女人，这种看着越是没有什么攻击性，柔柔弱弱的女孩子，越是容易干出来惊天动地的狠事儿，心肠也硬。"

沈亦玺摇了摇头："我不需要懂别的女人，我能把你弄懂就不错了。"

梁喻诗笑着抬手拍了拍他的下巴。

邢晨漾一路跟着罗景渠上了车，什么都没有问。

而他的脸色自从出了大教堂的门，就立刻恐怖得如山雨欲来，和刚刚在教堂里招摇过市的闲适模样一对比，仿佛完全是两个人。

这明显是要和她算狠账的节奏。

她很低很低地叹了口气。

其实在她答应梁喻诗回来的那一刻，她就已经做好心理准备应对他任何可能的反应了。

罗景渠把车开出去好一会儿之后，才侧过头看着她，勾了勾唇："在深山老林里待得开心吗？"

她还没来得及说话，他又说："鸟语花香的，很惬意吧？"

整个车子里此刻都充斥着他话语底下竭力克制着的怨气和怒气，她往座位靠背上缩了缩："就……还行吧。"

"只是还行而已吗？"

他耳朵上的耳钉在车流的灯光下折射出了微亮的弧度，"我还以为你在那里找到了几个人猿泰山，陪你玩得乐不思蜀呢。"

她沉默了两秒："罗景渠，你不要这么说。"

"那我该怎么说，你来教我。"

他这时突然用力地打了一下方向盘，将车猛地停到了一旁的路边。

"你知道么，我把整个A国都翻遍了。"

他把刹车踩得很重，脸庞也彻底冷了下来："我去了任何你可能去到的地方，找了所有我能找的人脉帮我找你，说是掘地三尺也不为过，这两年我没有一天是过得真正高兴的，我厌恶黑夜，因为我不想独自面对无所适从的漫漫长夜，也不想体会夜深人静被迫停止寻找你的空虚。"

"白天我也并不喜欢，只是因为白天的时间能用来找你，这至少会让我多一些自我安慰。"

他用手轻轻地揉住了自己的额头，声音也渐渐低了下来。

她看着他，紧紧地咬着自己的嘴唇，整颗心都揪成了一团。

这是一个很骄傲的男人，她一直觉得这个世界上没有他不能办到的事，他的聪明、从容和优雅都是与生俱来的，他是真正的天之骄子。

可是这一刻，他浑身上下的所有软肋都瞬间暴露在了她的面前。

而她是始作俑者。

"两年。"

他这时抬起了一只手，轻轻地拍了一下方向盘，戏谑地看着前方："最开始的时候，你只是不间断地离开一个星期，偶尔长一些，也就是一个月，但那几次，你至少会告诉我你去了哪里……而这一次，你杳无音信，整整消失了两年。"

"……我也并没有想到我会在那里待两年，"她这时终于开了口，"我最开始只是……"

他嗤笑了一声，抬手打断她的话："如果梁喻诗不找到你，你应该会在那边待一辈子吧。"

她动了动唇。

"怎么，是我说错了吗？"

罗景渠一字一句地说："你不要告诉我那边没有办法和外界联络，只要你想，你总会有办法的，哪怕只是一条消息，一个电话，也会好过让我一个人像傻瓜一样找了你整整两年。"

"你费尽心思把自己藏在一个异国他乡连名字都听不懂的深山老林里，只是为了躲我而已。"

"你明明有一百次机会，一百种方式可以联络到我，只是你不想，因为你根本就不想让我找到你，即便你知道我会怎么样发疯地找你。"

夜色中，她感觉到自己的眼眶和鼻尖都变得慢慢酸胀了起来。

她其实很想要说些什么。

无论是反驳也好，辩解也好。

可是她什么都说不了，因为他说的这些话里并没有一句是错的。

她看到，他深邃漂亮的眼眶里，此时浮现起了一层薄薄的雾。

"邢晨漾。"

他这时微微转过脸，抬起手，轻轻地捏住了她的下巴，强迫她看着自己眼睛。

她避无可避，连眼睫都在微微地颤抖着。

"这两年里，我曾经无数次地问过自己，如果能够找到你，我会最想对你说什么。"

他低垂着眸子："你是这个世界上我见过最狠心的人，我原本想对你说，这么喜欢玩人间蒸发的话，那你就自己玩儿去吧，恕不奉陪，你想去哪儿就去哪儿，最好一辈子都别回来了。"

"我也曾经很想很想知道，这两年里，你有没有想起过我，哪怕只是一分钟，你会不会想到，这个世界上有个叫罗景渠的人，一直在找你。"

"我也曾经很想对你说，如果你想让我恨你，那么恭喜你做到了，这两年的很多时间里，我都恨你的绝情入骨。"

"但是我发现，这些话，我现在都不想说了。"

他看着她，薄唇轻轻地开合。

"我只想对你说一句你也许最不想要听到的话。"

他英俊的脸庞上，这时勾起了一抹淡淡的笑："抱歉，让你失望了，我还是恨不了你。"

"邢晨漾，我还是爱你，一如当初，一如既往，一分都没有减少过。"

她一动不动地看着他，一瞬间泪如雨下。

罗景渠第一次看见邢晨漾，是在他二十二岁的那一年。

彼时他刚毕业，原本一家赫赫有名的大企业总部已经朝他递了橄榄枝，他也是想去的，可还没签合同，就被父亲罗毅叫回来继承罗氏。

他虽然对继承家业没有太大的兴趣，但是也知道罗毅近几年身体状况不太好，所以一向孝顺周到的他最终还是承了父亲的心愿回来接手了罗氏，开始运营本国第一财阀庞大的产业链。

他年纪轻轻又颇有能耐，谈吐得体又有教养，偏偏还长着一张极为招摇的脸，就算他行事风格再低调，每天还是有络绎不绝的姑娘来"碰瓷"这位白金富二代罗少爷。

这么多姑娘里，长得漂亮的数不胜数，知书达理的也不少，但他看谁都好像差点火候。

就在他回来的这一个月内，上门来各种提亲联姻说媒的，差点把罗家的门槛都踏破了，可他跟尊大佛似的，连眉头都没动过一下。

而这天，就在他送完又一波说媒的出去，罗毅领了一个姑娘回来。

"这是漾漾，邢晨漾。"

罗毅慈爱地看着这个一头如瀑黑发、脸快比他巴掌小的姑娘，对他说："管花房的老邢前两天病逝了，他太太也走得早，小姑娘一个人孤苦伶仃的，连学都上不了，我看着实在心疼，以后她就是咱们罗家人了。"

他一点都不意外他爸能干出这种事儿——他妈一共生了三个孩子，性别全是男，天知道他爸心里有多想要个女儿，这会儿算是名正言顺地领了一个回家当养女，既显得慈善有人情味，又满足了自己的心愿，他不得不在心里夸一句他爸真是条老狐狸。

而这个叫邢晨漾的小姑娘，整个人都纤细得仿佛有点儿营养不良，她肌肤赛雪，五官的每一部分都长得很小巧精致，是个货真价实的美人胚子。

而且她看上去，年纪也真是有点儿小，颇为惹人怜爱。

他这时走过去，微微弯下腰，冲她和蔼地笑了笑："你好，漾漾。"

罗毅在旁边温柔地抚了抚邢晨漾的头发："叫哥哥。"

邢晨漾的两只手紧紧地攥着自己小裙子的边角，嗫嚅了半天，才怯生生地叫了一句："哥哥。"

那一声细软的呼唤，钻到罗景渠耳朵里的那一刻，竟然让他有一瞬的愣神。

他很快挥去了脑中燃起的那股异样，又低声问道："你几岁了？"

她可怜巴巴地看着他，过了两秒："十六岁。"

才十六岁啊。

他心想。

整整比他小半轮，是个货真价实的小妹妹。

"乖。"

他看着她，然后从后面的餐桌上取了一块糖，递到她的手边："从今以后，你就是有哥哥的人了，哥哥会保护你的。"

她接过糖，乌黑明亮的大眼睛落在他俊逸的脸颊上，过了半晌，漾起了一抹甜甜的笑。

罗景渠没有想到的是，那抹笑容，和十六岁的她，从那一刻起，便彻底地嵌入了他的生命中。

邢晨漾知道罗景渠自然不可能把她带回罗家大宅，于是等车停下来，她发现这是她在离开A国前一直住着的那栋小洋房。

小洋房是罗景渠个人名下的房产之一，其他人都不知道，当年他们在家里闹出事儿来的时候，他几乎是第一时间就把她转移到这里来让她住着，也因此，她在这里有很长一段时间的记忆。

夜色里的小洋房看着格外安静祥和，浅浅的轮廓在黑暗里如半遮的月，她看着那熟悉的铁质大门，深思中就是一阵恍惚。

他之前说完那番话后，就再也没有开过口，这时将车停在了大门边，熄了火，便直接下了车。

她看着他下车时微微蹙着的眉头，在心底叹了口气，也跟着解了安全带下车。

跟着他走进小洋房，他一开灯，她吃惊地张了张嘴。

她离开了整整两年，可整栋屋子里却并没有她想象的那样铺满灰尘，空气里的气息也是极其干净清冽的，屋子里的每一处都很整洁，甚至桌子上还摆放着一束漂亮的鲜花，果盘里还有新鲜的水果，而且都是些她爱吃的水果——苹果、橙子、香蕉等。

罗景渠默不作声地将她的行李提上了二楼卧室，她则站在原地，慢慢地环顾了一圈客厅。

她发现，客厅里多了两幅精心裱起来的画。

这两幅画都是她画的，而且对她来说都具有很重要的意义，其中一幅是她刚进罗家大宅的时候画的全家福，上面有罗景渠，他的父母，他的两个弟弟，还有她，那年冬天一家人都穿着红色的唐装照相，喜气洋洋的；而另外一幅则是她十八岁成年的时候画的罗景渠来参加她毕业典礼的样子，他那天难得穿正装，招摇得整个学校的女孩子都在看他，而她手里捧着他送的鲜花，笑容满面地和他一起站在大草坪前合照。

罗家和罗景渠对她来说，是她这一辈子最最重要的羁绊。

她看得心里越来越难受，转过身慢慢地朝楼上走去。

走到卧室门口，她看到他站在卧室的阳台上抽烟。

这么多年，他一般很少抽烟，她极偶尔看到他抽烟，一般都是在他心情非常不好的时候。

她默默地看着他在夜色和烟圈中略显模糊的剪影，过了一会儿，她才轻手轻脚地走进了卧室。

"我不在的这段时间，"她走到他的背后，顿了顿，才开口，"你隔三差五会来这儿打扫吗？"

罗景渠这时掐灭了烟，没什么表情，也没有回头看她："我每天都来。"

因为他觉得，说不定哪一天，她就突然回来了。

所以他每天都来。

哪怕等了半年、一年……每天来到这，屋子里还是静悄悄的，她根本就没有要回来的迹象，他还是始终在麻痹自己，她会回来的。

邢晨漾觉得自己的心脏在一抽一抽地疼。

她一直都觉得他是她见过最精明的男人，他总是能轻轻松松地让自己在任何情境下都处于游刃有余的状态，可是在面对她的事情的时候，他好像每一次都会变得不像他自己。

理智尽失，方寸大乱。

她忍着这股疼，继续说："今天我们在梁喻诗婚礼上的照片，明天一定会被很多人看到，到时候你……"

"你不用操心那个，"他的目光沉沉地落在虚空中的一点，"反正要挨老头子打的人也是我，不是你。"

她咬了咬牙："我明天跟你一起回去一趟吧。"

他听到这句话，终于转过了头："你回去做什么？"

她深呼吸了一口气，嗓音更低了："回去看看……爸爸他们。"

罗景渠看着她，勾着嘴角冷笑了一下："你走的这两年倒也没想过要看他们啊。"

他语气里特意透出来的讥讽狠狠地刺进了她的心脏，她忍了忍鼻尖的酸意，说："因为我觉得他们应该不会想要看到我。"

"罗景渠，我知道在你眼里我是个彻头彻尾没有良心的人。"

兴许是这一路被压抑了太久，她在他情绪爆发的时候选择了沉默，而在这一刻，她终于也忍不住心中那股激流，脱口而出道："但是如果我真的没有良心，那么我就会天天待在罗家大宅里和你卿卿我我，只做我自己想做的事，让感情主宰我的头脑。"

"如果我真的没有良心，我何必一直颠沛流离，隔一段日子就要去别的地方，何必这一走就要离开这儿整整两年，和你断绝联系，也和爸爸他们断绝联系。"

他听完这些话，眸子轻闪了闪，将嘴角的那抹冷笑敛了回去。

"嗯。"

过了一会儿，他哑声说："邢晨漾，你很伟大，你有良心，你知道心疼爸妈他们，知道要报答他们对你的亲情和恩情，知道要心疼罗家的名声，知道不能让他们去承受世俗的偏见，知道隐忍，知道当断则断。"

"你什么都知道。"

夜色中，他的眼角染起了一抹很淡的红。

"但是你根本就不知道你为了你所谓的良心，究竟牺牲了什么。"

"我知道。"

她揉了揉发红的眼眶，一字一句地说："罗景渠，我牺牲了你。"

他垂了垂眸，忽而很淡地笑了一下。

她见过他的笑容很多次，他会对她温柔地笑、戏谑地笑、暧昧煽情地笑、还有毫不掩饰释放爱意的笑。

但是她从来都没有见过他这样的笑。

是绝望心碎的，是黯淡无光的。

仿佛下一秒他就会从这个世界上消失。

"你什么时候走？"

他这时抬手扒了一下自己的额发，声音变得更轻了一些，"明天？还是后天？"

这两句话里没有带上半点感情。

无论是最开始的汹涌激烈，还是后来的讥讽奚落，都没有。

只如同一摊平静到毫无波澜的死水。

邢晨漾一动不动地看了他一会儿。

在她感觉眼泪已经快要盈满自己眼眶的时候，她忽然向前了一步。

"罗景渠。"她朝他轻轻地伸出双手，尾音微微发颤，"你能不能抱抱我？"

　　他这时深深地呼吸了一口气，没有动。

　　"为什么？"半晌，他面无表情地问，"是因为作为哥哥，出于礼貌，要给自己的妹妹一个久别重逢后的拥抱吗？"

　　"还是因为你在可怜我？同情我？"

　　她悬在空中的手掌虚虚地握了握。

　　然后，她向前了一步，直接伸出手，扣住了他的脖颈。

　　她闭上眼睛，任凭眼泪从眼角滑落，然后将他朝自己拉过来，她的唇几不可见地在颤抖着，轻轻地贴上了他的嘴唇。

　　罗景渠的喉结慢慢地翻滚了一下。

　　他急喘了两口，哑声道："你知道你在做什么吗？"

　　她没有回应，下一秒，自顾自地撬开了他的牙关。

　　"邢晨漾，这是你自己找的。"

　　过了一会儿，他贴在她的唇边，目光里仿佛有一个漩涡："这两年你是让我怎么样夜不能寐的，我今天就会让你怎么样生不如死。"

　　一切都好似没有尽头。

　　罗景渠切身让她体会到了一个男人爆发起来是有多么可怕。

　　她一直忍着没有哭，但是到后面，她闭着眼睛默不作声地把眼泪埋进了枕头里。

　　他始终看着她，这时将她的脑袋从枕头里捞出来。

　　他逼着她转过脸看着自己，一字一句地说："邢晨漾，你觉得你很疼，你觉得你快撑不下去了，是吗？"

　　她咬着嘴唇，不知道该说什么。

　　"那你这两年里，有想过我有多疼，有想过我找你找得快撑不下去了么？"

　　"你或许是想过的。"他说，"但是你不敢再继续想下去了，因为你比起爱我，更爱你自己。"

"而我不是。"

他的手这时慢慢从她的眉骨滑落，到了她的唇边。

"我爱你，比爱这世界上任何一个人，比爱我自己还要多。"

等她好不容易进入梦乡，在睡梦里，她一下子又回到了她十七岁的时候。

她起先来到罗家生活，心里还很担心自己会不会不太适应——于她而言，就像一只丑小鸭因为机缘巧合踏入了天鹅的族群，她很害怕自己会不被接纳。

罗家的宅子要比她以前的家大上好几十倍，家里的人又特别多，但是罗家家教森严，不像其他财阀家族的那样挥霍无度和人情冷漠，吃饭的长桌上反而总是热热闹闹的，而且这个家里的每一个人，都对她特别地好，不是那种虚情假意的好，而是真的把她当成这个家的一员，给她吃最好的，用最好的，让她接受最好的教育，还关心她生活的每一个细节。

而这所有人中，对她最体贴入微的，就是罗景渠。

他满足了一个女孩子对"哥哥"这个定义所有的幻想——长得英俊高大，聪明温和，风趣幽默，还心思细腻。

她是独生女，从小就想要一个这样的哥哥，而现在，她的梦想成真了。

罗景渠把她宠成了一个公主。

从前她总是对放学回家感到失落，妈妈去世得早，家里只有她和爸爸，而爸爸是个沉默的人，与她从未有太多的交流，家里总是死气沉沉的；可现在一切都变得不一样了，她变得比谁都期盼放学，放学铃声一响，她就会抓着早就已经提前理好的书包，飞奔出教室。

她的好朋友小欧有一次实在是好奇，提出要跟着她一起下楼，邢晨漾几番推拒无果只能带着她一块儿下去，结果，当看到校门口附近的那条小路上，在一辆低调的黑色奢华座驾旁站着的男人时，小欧整个人都快晕过去了。

小欧激动得满脸通红，紧紧地抓着她的手，"邢晨漾，这就是你那个新哥哥？年纪最大的那个？"

邢晨漾不好意思地点了下头。

"我的妈呀，"小欧说，"我腿都软了，被他帅软了，这也太帅了吧！"

这么一个大帅哥，耳朵上还戴着黑色耳钉，招摇但又不显得女气，谁的视线能从他的身上离开？

她无语地拍了下小欧："那倒也不必。"

罗景渠看到她们两个，笑了一下，此时收起手机，大大方方地走过来，顺手就接过了邢晨漾手里的书包："漾漾，这是你同学？"

小欧看到他靠近，倒吸了一口气，跟被掐住了脖子的鸭子似的。

邢晨漾忍着笑点了下头："我最好的朋友，小欧。"

"你好小欧。"罗景渠温雅一笑："我是漾漾的哥哥罗景渠。"

小欧激动得直点头，连话都说不利索了："罗景……罗哥哥好。"

他勾了勾唇，这时把书包放回到车里，又从车里取了两杯饮品出来。

他将其中一杯和吸管一起递给小欧，另外一杯递到邢晨漾的手边，并帮她细心地拆了吸管，插进了饮品里。

小欧快哭了："邢晨漾，你上辈子到底是做了多少好事积了多少德，才能找到这样的哥哥啊？"

邢晨漾害羞没说话，罗景渠便在旁边风度翩翩地接了一句："也有可能是我上辈子偷了她家地里的红薯，所以这辈子就该这样伺候她。"

两个姑娘都瞬间笑作了一团，小欧走前开玩笑，挤了挤邢晨漾的肩膀，压低声音说："你还缺不缺嫂子啊？给我安排个优先插队竞选怎么样，咱俩关系那么好，肥水不流外人田啊！"

她听罢一怔，刚想啐小欧一口，小欧已经嬉笑着跑远了。

等上了车，她抱着饮料坐在副驾驶座上一口一口慢慢地吸着，心里忍不住想着小欧说的话……说句实话，她太过于专注在和罗景渠两个人的相处当中，还真的是一点儿都没有想到过她以后会有嫂嫂的。

罗景渠他这么完美，哪个女孩子会不心动，哪个女孩子会不想要做这样的人的伴侣？

每一天，她都沉浸在他的宠爱里，遇到什么开心的事，第一反应就是告诉他；遇到什么问题，第一反应就是找他帮忙；拿到好吃的，第一反应就是和他一起分享……那么如果以后，当他的身边多了一个人，她还能继续这样做吗？

"漾漾。"

罗景渠观察了她一会儿，这时低声叫她："在想什么呢？"

她捧着饮料的手紧了紧，转过头看着他："哥哥，你准备什么时候找女朋友呀？"

这话问得罗景渠的表情也有一瞬的凝滞，但他很快就恢复了以往漫不经心的温雅，勾了勾嘴角："哥哥不着急的。"

她听到这话，不知道为什么，心里竟然闪过了一丝小小的窃喜。

而到后来她才知道，作为"妹妹"，她是不应该出现这种窃喜的情绪的。

一切开始发生变化，是邢晨漾高三时那个初春的夜晚。

晚上她在自己的房间里写作业，写完作业之后，小欧给她打了个语音电话，先是日常花痴了一番罗景渠，甚至连跟罗景渠生几个孩子都想好了，在她忍不住翻着白眼出声打断下，小欧才嘻嘻笑着说回这个电话的主要目的其实是想给她讲个刚刚在微博上看到的鬼故事。

她胆子原本就不大，本来是想拒绝的，可小欧却硬是扯着她不放，一股脑地把鬼故事全倒了出来。

因为小欧讲得快，一开始她听完还没觉得有什么，可等后来挂了电话，她刷完牙躺到床上去的时候，才发现，这个鬼故事的后劲……有点儿足。

屋子里此刻静悄悄的，漆黑一片，她把自己裹在被子里头，闭上眼睛就能想到小欧形容的那个伸长舌头的女鬼从被子里钻出来的情景，于是她又猛地把被子推开，睁开眼睛之后却又觉得黑漆漆的天花板像个会把人吸进去的黑洞……这下好了，怎么样都睡不着了。

她直挺挺地躺在床上挺尸了不知道多久，眼睛都快瞪瞎了，终于忍不住，泄气地翻身下了床，想去楼下厨房倒杯水喝，壮个胆，顺便培养一下睡意。

走廊里的小夜灯照射出来的亮光，可以稍许缓和一下她刚刚紧绷的情绪，她轻手轻脚地下了楼，好不容易走到一楼拐角，却发现厨房里头站着个人。

因为厨房里没有开灯，那人整个人看上去都和黑暗融为了一体，把她吓得差点尖叫出声。

幸好里头的人听到了她的动静，抬手打开了灯的开关，穿着深灰色睡衣的罗景渠手里端着水杯，诧异又好笑地看着她："漾漾，我不是鬼。"

"哥。"

她虚弱地抚了抚自己的胸口，慢吞吞地走了进去。

"睡不着？"

他敛着眸看了她一眼，顺手就拿了她的杯子过来，给她倒水喝："口渴？"

她看到他，刚刚整个人还满脑子的焦躁和紧张一瞬间不自觉地就变好了许多，她从他的手里接过水杯，叹了口气："小欧晚上给我讲了个鬼故事，后劲有点儿足。"

他单手支着流理台，勾着唇笑："你这个胆子，还听鬼故事？"

"她硬要说给我听，"她喝了两口水，委屈巴巴地抿了一下嘴，"我刚开始听着没觉得有啥，现在怎么样都睡不着了……"

罗景渠只觉得她可爱极了，抬手摸了摸她软趴趴的头发，低笑道："你都快十八岁了，总不见得因为害怕鬼故事，要跟哥哥一块儿睡吧？"

她垂着头，两根手指头搅在一块儿，没吱声。

他本来就是在开玩笑，这会儿又低声安慰了她几句，看她好像看上去没刚才那么紧张害怕了，便关了厨房灯，准备送她回房间。

结果，等到了她的卧室门口，他刚刚温柔地跟她道了一声晚安，就被她攥住了睡衣的衣角。

略显昏暗的卧室里，黑发的小姑娘穿着可爱的小松鼠连衣裙，巴掌大小的脸上是惹人怜爱的柔弱，漂亮的眼睛里满满是对他的依恋。

罗景渠觉得自己的脑子猛地一热。

一股无名的燥热突然从他的心口扩散开来，蔓延到了他全身的每一处，这是他这辈子从未体验过的感受。

有一瞬间，他觉得自己的心里出现了一种绝对不应该出现的情愫。

他站在原地沉默了一会儿，还是控制不住地微微弯下腰，视线几乎和她持平。

罗景渠看着她，哑着嗓子说："真要哥哥陪你睡？"

罗家大宅里，此刻有点儿安静得过分。

也有可能是因为此时卧室里的气氛，让这种安静显得更让人躁动不安。

小夜灯发散出来的浅浅光源，将罗景渠的脸庞照射得朦朦胧胧的，可正是这种光影的错落，使得他看上去更为英俊。

邢晨漾时常忍不住会想，为什么世界上会有长得这么好看的男人，无论看他做什么，都是一种享受。

而这样好看的人，还对她这么地温柔和耐心。

这种特殊的对待，会让她忍不住生出一种可怕的念头——她想把他占为己有。

黑夜是一头蛰伏的巨兽。

所有白日里隐藏得深不可见的秘密和情感，都会张牙舞爪地破土而出。

在这种奇怪的气氛中，她深吸了一口气，轻轻柔柔地点了点头。

罗景渠的喉结上下翻滚了一下。

过了几秒，他用力地闭了闭眼，嗓音更哑了："好，那哥哥陪着你，等你睡着再走。"

她贝齿轻咬嘴唇，吸了吸鼻子，穿着拖鞋吧唧吧唧地跑回了床边。

他又在原地缓了一会儿，才慢步走到了她的床边。

她乖乖巧巧地把被子拉上来，头枕着枕头，侧着脸眼巴巴地看着他。

罗景渠被她盯得心越来越痒，这时垂落在身边的手掌虚虚地握了握，才低声开口说："不睡觉，光看着我做什么？"

她眨了下眼睛："哥哥你坐下吧，你这么站着，我更害怕了，你像个床头飘。"

他被她逗笑了，随后叹了口气，弯下腰在她的床沿边坐下来。

她这才心满意足地点了下头。

然后她朝着他的方向侧过身，闭上了眼睛。

"哥哥晚安。"

过了两秒，她轻轻柔柔地对他说。

女孩子甜而温柔的嗓音，就像夜色里最动人的呓语。

罗景渠觉得自己刚刚已经在躁动不安的心跳，因为这句话，又变得更快了。

他抬起手，在空中停顿了一会儿，最终还是落到了她柔软的发丝上。

他揉了两下，贪恋着自己指尖的温度，舍不得离开，又不得不离开。

"晚安，漾漾。"

她听到这四个字后，嘴角微微翘了起来，然后睡意也逐渐开始浮现了。

邢晨漾并不知道，在她睡着后，他还一直坐在她的床边。

黑暗里，他坐了很久，也看了她很久。

那个夜晚之后，邢晨漾忽然觉得罗景渠对她的态度变得有些不一样了。

他还是对她好的，体贴温柔，有求必应，把她捧在手心里宠着……但是，她却觉得他好像无形之中在疏远她。

就是，她觉得他明明在对着自己笑，可是这笑容里又有一种故意拉出来的距离感。

从前，她撒娇的时候，喜欢拽着他的手臂，或者拉着他的手跟他凑近了说话，可是最近这段时间，她如果想要和他撒娇，他都会不动声色地在离她有一段距离的地方听她讲话。

他很明显的，在减少，甚至杜绝和她有过分亲密的往来和肢体接触。

她不知道这突如其来的变化是为什么，可她没有办法去问他，因为这会暴露一些她心底深处的想法，她也没有办法去告诉别人，听取别人的建议，甚至都不能告诉小欧，因为这其实并不算是什么正常的事。

哥哥和妹妹，关系再好，再亲密，也会有一个度的，两者毕竟是亲人，而不是恋人。

哪怕他们根本就没有血缘关系。

而且，两周后，她发现，他回家的时间也开始变晚了。

他以前通常都不喜欢应酬，大多数时候忙完公事都会先来学校接她回家，如果有事情的话就会晚一点，但是都会回家里吃晚饭。但是他最近非但不会去接她，连回家的时间都很晚，哪怕她睡觉的时候，他都还没回来。

早上她上学的时候，他又早就已经出门去公司了。

她看到他的次数，开始变得愈来愈少。

这天早晨，她在餐桌上吃饭的时候，罗母给她摇了一勺粥，然后对着罗父说："景渠最近怎么那么忙？天天见不到人影，连饭也不在家吃，公司里有那么多事情吗？"

罗父手里捏着报纸，笑着道："公司的事儿倒是不忙，我看是他自己的私事忙。"

罗景渠的两个弟弟年纪都比他要小很多，分别在念小学和初中，对大人说的话不怎么感兴趣，都在专心玩儿手机，只有她，虽然人低着头在吃饭，但是所有注意力都集中在罗父罗母的对话上。

罗母这时一顿，压低声音道："他有情况了？"

罗父说："听吴秘书说，好像最近和一个女孩子走得很近，那姑娘长得还特别好看。"

罗母高兴得眉飞色舞："这可太好了！赶紧让他把人带回家看看！"

罗母一向都很焦虑自家这个十全十美的宝贝儿子为什么这么多年都不赶紧找个媳妇回家，而且罗景渠也明确表示过自己的性取向为女，罗母就始终觉得是他要求太高，这抱孙子也迟迟没个盼头——可谁知道，该来的，突然就这么来了！

邢晨漾在旁边安安静静地听着，最初还没反应过来，可到了这儿，终于是彻底听明白了罗父罗母的话。

罗景渠要找女朋友了。

他即将要拥有一个会一辈子站在他身边的伴侣。

而她，会叫那个女孩子大嫂，并会一直看着他们幸福地走下去。

她捏着勺子在原地坐了一会儿，终于忍不住，把勺子放了下来，拿起书包从椅子上站了起来。

因为她的动静有点大，惹得罗父罗母都朝她看了过来："漾漾，怎么了？"

她忍着眼眶里那股饱胀的酸涩，抓着书包，低头往门外走："我忘记今天早上要数学小测了，我得早点去学校。"

等一出罗家大门，她抬手捂住了眼睛，感觉眼角的泪水从指缝间瞬间滑落下来。

邢晨漾不是一个喜欢输出的人，从小到大都是这样。

她在进罗家之前的原生家庭，父母都不是那种会愿意花心思花时间去陪伴她照顾她的家长，所以她已经习惯了自己独自去面对所有的事情，习惯了自己默默承担所有的快乐与痛苦。

即便是对着她最要好的朋友小欧，她也通常都只分享快乐的事情，对着罗家人，她也习惯了报喜不报忧。

所以罗景渠对她的态度发生变化这件事，她自然选择了闷在心里。

一是她根本不会开口，二是这件事根本开不了口。

而他对她的态度，从最开始的轻微疏离，到了现在的几乎视而不见。

小欧其实发现了她最近情绪比较低落，曾试探性地问过她，都被她以"没事"随口搪塞了回去。

"漾漾，你哥最近怎么放学不来接你了？"这天放学，小欧戳了戳她的手臂问。

这问题确实没什么大毛病，可邢晨漾收拾东西的手一下子就顿了一下，眼睫也跟着颤了颤。

"我哥最近工作比较忙，"调整了两秒，她才把眼底那股热潮逼退回去，嗓音闷闷地说，"而且他好像谈恋爱了。"

"啊？！"小欧立刻炸了，"怎么就突然谈恋爱了！我还想来一出闺蜜变嫂子呢！他怎么就突然被人抢走了！"

这个"抢"字，让她心里瞬间变得更不舒服了。

她现在本来就对这个话题很抵触，也没心思顺着小欧的话继续说下去，在小欧讶异的眼神中，道了声别就先走了。

一路上，她坐在车上，心情差到连手机都不想看。

可让她没想到的是，等她进了罗家大门，才知道什么叫做真正的当头一棒。

只见罗家偌大的一楼客厅的沙发上，此时坐着四个人，其中的三个她都认得，而唯一一个她不认识的，她一猜就知道是谁了。

罗父罗母见她进门，立刻笑着冲她挥手："漾漾，快来和你景渠哥的女朋友打招呼。"

她人僵立在门口，双手紧紧地抓着自己的双肩包肩带，牙齿都快把自己的嘴唇给咬破了。

她感觉到所有人的目光都在注视着她，包括罗景渠。

几秒钟的时间，却像过去了一个世纪般漫长，她终于动了步子，朝沙发那边走去。

一步，两步。

她感觉自己好像赤脚走在刀尖上，脚底全是血。

一阵又一阵钻心的疼。

来到沙发边，她终于迎上那个坐在罗景渠身边的女孩子的目光。

那是一个长得非常大气好看，整个人又极具知性气质的女孩子，是连女生看着都会喜欢的那种类型。

不可否认的是，她和罗景渠坐在一起，确实是天造地设的一对。

而这让她的心更痛了。

"你好，漾漾。"

那个女孩子对她温柔地笑，"你就叫我小甫姐姐吧。"

她动了动唇："小甫姐姐。"

"叔叔阿姨刚跟我夸你聪明又可爱，"小甫说，"我也想有一个你这样的妹妹。"

她不知道该回应什么，扯了扯嘴角算是笑了一下，然后立刻就往后退了一步。

目光闪躲之间，又正好撞上了罗景渠的目光。

邢晨漾恍惚之中觉得，自己好像真的已经很久都没有见过他了，从前，她好像除了去学校上课的时候，一直都在和他说话，一直都在离他最近的地方，几乎和他形影不离。

可是现在，他们虽然都处在客厅沙发这一块区域，她却觉得自己和他之间隔着一条深不见底的鸿沟。

他注视着她的目光里，没有了以前的温柔和宠溺，只剩下平淡和疏离。

甚至还让她感觉到了一丝陌生。

她觉得自己的心口痛到无以复加，这让她没有办法继续再在这个让她窒息的空间里待下去，她只能轻声借口说要去写作业，仓惶逃离了那块区域。

在她上楼的那一刻，她听到罗母热情地邀请小甫后天来参加她的十八岁生日家庭聚餐，小甫一口就答应了下来。

邢晨漾揉了揉自己通红的眼眶，三两步就上了楼。

等进了房间，她合上门，整个人瞬间滑坐在了地上。

她觉得自己真的很可悲。

自己那么重视的人被抢走了，她却开不了口去把他抢回来，她也无法拒绝这发生在她眼前的一切。

她不想看到那个叫小甫的女孩子，也不想看到她和罗景渠坐在一起，更不想看到他们两个成双成对地出现在自己的十八岁生日宴上。

可是她的"不想"，没有人会听见。

邢晨漾十八岁生日的当天。

晚饭前，罗父罗母先拿了一大堆生日礼物到她的房间来——是每个女孩子都梦寐以求的最新款衣服、包和首饰，她笑着感谢了他们、拥抱了他们，并在罗母的提议下换上了其中一条淡紫色的连衣裙。

他们告诉她，从今天开始，她就是大人了，她可以肆意地去拥抱自己的青春和未来的无限可能，她可以在不耽误学习的情况下，去找一个她真心喜欢的男孩子谈一场恋爱。

她本该是感到无比高兴的，罗父罗母真心待她好，让她生活得像一个小公主，也给了她充分的自由。潘多拉的魔盒今天也已经打开，她正式拥有了去尝试很多从前她从未做过的事的通行证。

一切都是那么地美好。

可她却一点儿都开心不起来。

她从昨晚零点过后，等到早上撑不住睡着，都没有等来一条罗景渠的生日祝福。

去年的生日，他是掐着零点给她发生日祝福的，甚至在她起来吃早饭的时候，他已经让人送了城中最火爆最难预定的蛋糕到她的面前，第一个给她唱了生日歌，送给了她一套她梦寐以求的画笔。

她看着镜子里的自己，有一瞬间感觉很恍惚。

她想，如果她没有被接进罗家，如果她从未遇到过罗景渠，如果她从没有得到过他的宠爱和温柔，她今天是不是就不会这样贪得无厌和失魂落魄。

即便再抗拒，她作为今天的主角，也必须下楼出席这顿生日晚餐。

餐桌上摆着插着蜡烛的巨大蛋糕，所有人都围坐在餐桌边，罗母拉着她让她在小甫的身边坐下，对她说："漾漾，这是你小甫姐姐特意给你挑的蛋糕噢，快谢谢她。"

她听得心一颤，抬眼朝小甫那边望去，避无可避地也触到了罗景渠的目光。

他今天穿了一件白色的衬衣，客厅暖融融的灯光衬得他的面容更为俊逸，他看到她的时候，薄唇微微地抿了抿。

他没有笑，目光略显幽深。

她不敢再多看他一眼，只能对着小甫温柔的笑脸低声说了句"谢谢"。

罗父起身去关了灯，所有人都开始为她唱生日歌，她尽力地笑着，尽力地让自己看起来很高兴。

"许个愿吧。"

等一曲生日歌完毕，她听到一直没有开过口的罗景渠突然开口了。

幸好黑暗之下，没有人可以看清她此时的反应，她紧紧地咬着嘴唇，合上了一瞬间就泛起红的眼睛，然后双手合十。

一听到他的声音，她连手都在抖。

许完愿后，她吹灭了蜡烛，在所有人的掌声中重新迎来了光亮。

没有人知道她刚才许了什么愿望。

即便罗景渠对小甫没有什么亲密的举动，但是在他们身边吃饭对邢晨潆来说依然是极度的煎熬，好不容易捱到这顿生日晚餐结束，她早就上了楼。

进了房间，她没有换下衣服去洗澡，也没有去整理收到的礼物，她只是沉默地坐在梳妆镜前。

不知道过了多久，可能已经快要接近凌晨了，她突然"蹭"地一下从椅子上起身，冲到自己的房间门口，然后猛地拉开了门。

她惊呆了。

因为她看到罗景渠正站在她的房间门口。

他似乎也没有预料到她会突然开门，脸上的神情有一瞬的讶异，他想要敲门的动作顿了顿，然后慢慢地垂下了手。

她张了张嘴，一时竟然都不知道应该对他说什么，只是定定地看着他。

两个弟弟和罗父罗母的房间都在楼下，此刻楼上的整条走廊里寂静无声，他们俩就这么安静地站在彼此的对面。

罗景渠站在她跟前，这时终于开口道："你刚刚，是要去干什么？"

他几乎是一个字一个字地在问。

她整个人一下子就僵住了。

她应该怎么说。

她难道说：我疯了，我实在受不了了，我想去告诉你，我喜欢你，不是对哥哥的那种喜欢吗？

沉默了好久，她才回道："我想去厨房倒水。"

他一动不动地看着她，良久，他侧开了身子。

她忍住了鼻尖的酸涩，抓着自己的手掌心，往前走了一步。

然后，她又停住了。

她侧过头望着他："那你呢？你来找我是有什么事吗？"

罗景渠没说话。

她轻声说："你是想告诉我你和小甫姐姐要结婚了吗？"

他依然没吭声，幽深的目光落在她的身上，一时有些晦暗不明。

邢晨漾等了很久都没有等到他的回答，她深呼吸了一口气，与他擦身而过，往前走准备下楼。

有一瞬间，她觉得她这段时间苦苦忍耐的所有情绪马上就要爆发了，她很想回过头，把自己心里如潜伏的巨兽般的秘密都向他一吐为快。

可她终究还是有理智的，这些情绪最终还是变成了绝望的眼泪，无声地蕴在了她的眼眶里。

谁知，就在她快要走到楼梯口的时候，她的手忽然就被他从身后抓住了。

他抓得很用力，几乎是逼迫着她朝自己转过身来。

在他看到她布满眼泪的眼眶后，他的喉结上下翻滚了一下，然后，他低头看着她，问她："你为什么要哭？"

她不说话，眼泪却根本控制不住、不要命一样地开始往外滚。

罗景渠似乎也已经忍到极限了，他这时拽着她的手，直接把她带回到了走廊另一头自己的房间里。

此刻，他的屋子里没有开灯，只有窗外浅浅的月光透进来，他反手关上门，抓着她的手，紧紧地盯着她的眼睛。

他的嗓子已经哑得不像样子："你不会想知道我刚刚是为什么要去找你的。"

"邢晨漾，你不会想要知道，你看作是哥哥的我，心里究竟是怎么看待你的。"

"你知道我刚刚许了什么生日愿望吗？"

半晌，她注视着他，哽咽着说："我希望，你的眼里只有我。"

他一听到这句话，眼底的火就烧了起来。

就像是支撑着理智的最后那一根长柱应声倒下，所有的理智和忍耐瞬间崩塌。

下一秒，他将她轻轻地摁在了门旁的柜子上，低头就朝她吻了过去。

这个吻很重，又有些莽撞，带着满溢出来的情愫。

邢晨漾有些招架不住，她原本就青涩，被他亲得差点儿连气都接不上来。

过了好一会儿，他才松开她，抵着她的嘴唇，低喘着说："我的眼里从来就没有过除你之外的人。"

在所有疏离、冷漠和忽视的背后，是拼命去掩藏着的、如岩浆般浓烈又炙热的男女之情。

因为知道不可以，所以故意选择远离和视而不见；因为知道不能够，所以努力催眠自己，他应该去选择怎么样的人生，而不是因为一己私欲而毁了她的未来。

她的眼泪此时已经止住了，随之替代的是满脸通红和浑身止不住地发颤。

所幸黑夜已经掩盖了她所有的窘态，只有她面前的人才能一睹斑斓。

"漾漾。"

因为压着嗓子说话，他的声音此刻听起来格外低沉诱人："我这段时间故意远离你，故意忽视你的感受，甚至今天故意没有准点对你说生日快乐……请你相信，这一切都不是出于我的本心，而是我别无选择，因为如果不这样做，我怕我自己会让这件事变成无法收场的地步。"

"就像刚刚那样。"

她一动不动地看着他，任凭他用指腹替自己抹去眼角的泪渍，过了半晌，她冷不丁地开口道："你可以不要和小甫姐姐结婚吗？"

罗景渠听完后，忽然笑着叹息了一声。

"小甫其实是我在留学时期最好的朋友，她答应陪我在我爸妈面前演这一场戏，是为了帮助我看清自己的心。"

"因为她也有一个爱而不得的人，所以她理解我的感受，愿意这段时间陪着我自欺欺人。但是我刚刚送她出门的时候，她说，她不会再继续陪我演戏了，因为她觉得我的幻想是有回应的，她觉得我应该选择跨出这一步，把幻想变成现实。"

她听完后，愣了好一会儿去消化这个背后的故事，继而心中开始泛酸。

他说："你知道么？我曾经以为我可以做到的——顺遂爸妈的愿望，和其他女孩子结婚，忘记所有对你荒诞的渴望，做罗景渠应该做的事情。"

"可是后来我发现还是不行，只要我看到你，我就无法停止我对你的幻想。"

"我以前不知道什么是爱情，我也以为我不会真心喜欢上一个人。但是那天晚上陪你入睡，我才突然意识到，原来喜欢上一个人是这样的感觉。"

"我无法停止地想看到你，我无法停止地渴望你。"

"邢晨漾，每一件，只有爱人之间才能做的事，我都想对你做。"

等他的话音落下，她忽然轻轻地抓住了他捧着自己脸颊的手。

寂静中，她用脸颊蹭了蹭他的手心，握住他的手指，仰头望着他："你刚刚来找我，是想对我说什么？"

他闭了闭眼，然后薄唇轻启。

"我想确认，在这段幻想里，我不是孤身一人。"

她笑了。

"嗯。"

良久，她踮起脚，在一地的月光里，勾住了他的脖颈，凑过去咬住了他的嘴唇："你不是。"

入梦前，邢晨漾感觉到他给自己盖好被子，然后在她的额头落下了一个缠绵的吻。

罗景渠说："迟到的生日快乐，十八岁的第一天，我非常爱你。"

捅破窗户纸后，他们彼此都很清楚，这是一件目前绝对不可以让任何人知道的事，所以他们处理得都百般小心。

在家里的时候，他们还是以往的"好哥哥"和"乖妹妹"，罗景渠在过了一段时间后，选择了一个比较合理的时机告诉罗父罗母他和小甫已经和平分手，两位家长虽然觉得惋惜，但还是十分尊重他的意见。

因为他们都不知道，他"分手"背后的真正原因是什么。

所幸和他的事情并没有影响到她的学习，邢晨漾高考以全校文化课第一名的成绩考取了本市最好的美术院校。她毕业的那天，罗景渠推掉了所有的工作去参加她的毕业典礼并担任她的舞伴。

那一天，她真正地体会到了什么叫做风光无限，她和他一起出现在学校草坪上的时候，整个学校的人都在看着他们，看着罗景渠。

女孩子的尖叫声此起彼伏。

他爱的人是我。

她心想。

他是我一个人的。

罗景渠本来是打算，等到她大学快要毕业的时候，再去和罗父罗母好好谈这件事。他知道这会是一个很大的工程，所以他们两个必须都要有非常完全的考虑和笃定的手法去处理这件事、去捍卫他们的爱情。

可是，事情的发展远没有他预想中的那样按部就班，因为他忘了，潘多拉的魔盒一旦开启，很多事就会在不经意间脱离掌控。

在她大一那一年的暑假，罗父罗母带着两个弟弟去近郊游玩避暑，本来邢晨漾也是要跟着去的，却被罗景渠随便找了个理由将罗父罗母打发了过去。

于是，那几天，他们在没有人的家中，近乎忘乎地眷恋着彼此。

因为以往，他们在家里只能尽力地去扮演好自己的角色，甚至有些刻意地在保持安全距离，这其实是一件会让人感到压抑和窒息的事，他们毕竟是两个相爱着的恋人。

而这是头一次，家里没有人，不会有人来看着他们，不会有人来打扰他们。

那天，罗景渠从公司回来，看到她穿着一条红色碎花的连衣裙，安安静静地坐在沙发上看书，他看得连门都忘了关，脱了鞋，直接朝她大步走了过去。

她本来看书看得正入迷，被他这么突然靠过来往后一压，一下子都愣住了，缓了几秒才缓过来，红着脸去迎合他的吻。

他们当时做梦都没有想到，理应在三天之后回来的罗父罗母，因为天气的缘故，今天提前开车回来了。

罗母带着两个弟弟走在后面，罗父则拖着行李箱走在前，罗父发现家里的大门没有关，便直接将门拉了开来。

"你们……"

下一秒，罗父不可置信地愣在了原地。

一听到声音，罗景渠条件反射就将邢晨漾挡在了自己的身后。

可还是晚了。

邢晨漾这一辈子都忘记不了那一天。

罗家大宅客厅里的气氛如同死一般寂静。

她在罗家待了这些年，哪怕罗家遇到再大的风浪，都从来没有一刻看到过家里的气氛是这样的。

罗父手里的行李箱应声轰然倒地，起先罗母和两个弟弟都不明所以地看着罗父，不明白他为什么不进屋，可后来罗母仔细一看客厅里的场景，也明白了，立刻抖着手将两个弟弟拉到了自己身后，确保他们什么都没有看到。

罗景渠这时低喘了两口气，对在沙发上蜷缩成一团、浑身都在发抖的她低声说："你先上楼，记得，听到什么动静都别下来。"

她根本不敢看门口的方向，哪怕她平时再聪慧沉静，可她毕竟只有十九岁，遇到这样的情况，她的大脑肯定是一片空白的。

惊慌、羞愧、恐惧、歉疚、无地自容……所有的情绪都交杂在了一起，于她而言就像是灭顶之灾。

半晌，她从沙发上滑落在地，几乎是跌跌撞撞地转身上了楼。

那天后来发生的事情，她都有些记不太清了。

因为在当时给她留下了太深的心理阴影，所以造成她后来刻意逼迫自己去遗忘这段最糟糕的记忆，因此到最后，当天所有的内容都变得模糊了。

她只是隐约记得，把两个弟弟都送回房间后，罗父把客厅里的装饰品直接砸在了罗景渠的身上，然后将滔天的怒火都宣泄在了他最引以为傲的大儿子上，而罗母，最开始是哭着尖叫质问他为什么，到了后来实在是叫累了，就沉默地坐在沙发上抹眼泪。

罗景渠将所有的错都归结到了他自己的身上——是他先喜欢上的她，是他引诱她和自己在一起，是他强迫她和自己做那些事情的。

他一个人，生生地扛下了所有的海啸。

凌晨，她去到他的房间，看到他坐在窗边处理身上的伤口，看到他肩膀上的大块淤青，眼泪止不住地就掉下来了。

而他还抱着她，温柔地安慰她说："没事，不疼的，漾漾不哭。"

她真的很想和他一起去扛那些——她是共犯，这也是她自己选择的，她没有理由去让他一个人独自面对。

可是，当她想到罗父罗母后，她就退缩胆怯了。

罗景渠毕竟是他们的亲儿子，犯再大的错，他们终究还是会原谅他；可她不一样，她本来就是个被改变命运而误入的寄居者，误打误撞地得到了他们的疼爱，哪怕他们对她再好，发生了这样的事情，他们看她的眼光也不会再和从前一样。

他们或许会觉得她是给他们家带来不幸和灾难的扫把星，他们或许会觉得是她勾引的罗景渠……人心叵测，他们看到这种画面，有什么样的想法都不奇怪。

只是他们都是有教养的人，不会把自己心里的想法表现在脸上，会给她一个女孩子留足颜面。

但是她自己却没有办法再继续粉饰太平。

他们给了她脸，她却觉得自己已经没法再在这个家里待下去了。

于是，第二天，等罗景渠去公司的时候，她直接打包好了自己所有的行李，搬去了学校宿舍。

临走前，她对试图挽留自己的罗父罗母说："爸爸妈妈，不知道你们还愿不愿意我这样叫你们，感谢你们对我所有的好，还愿意出钱供我上大学，等我找到工作，我就不会再问你们要钱了，我会自己承担自己的生活。我欠你们的已经够多了，离开罗家大宅生活，是我现在唯一能够偿还给你们的。"

听完这段话，罗父和罗母都沉默了。

最后，他们眼眶通红地握着她的手，对她说："这里永远是你的家。"

罗景渠知道她搬离罗宅，直接飞车到她的学校来找她，要她立刻搬回去，她和他谈了很久，最后他坚持说如果她不回罗家，那就要搬到他自己名下的那栋小洋房里住，她实在拗不过他，只能答应下来。

于是，他几乎一周七天，有六天都住在小洋房里。

其实这些罗父罗母都是知道的，他们又和罗景渠发生过很多次争执，但他都没有改变过自己的做法。

再后来，她的画作得了奖，越来越出名，赚了很多钱，她将罗父给的信用卡退了回去，开始完全依靠自己生活。

她其实有想过很多次，要和罗景渠彻底结束这段永远无法见天日的关系，因为她觉得只要这样一天，她和罗景渠就对不起罗家，可是每一次这个念头都会被他强硬打散。

她没有办法，只能开始不间断地离开这座城市。

即便她难以割舍，但她也想做那个狠心的人，她想让他慢慢忘记她，她也想慢慢从他的生活中彻底退出，让他回归到他自己本来的生活轨道中。

如果没有遇见她，他就不会和自己的父母发生冲突和决裂。

如果没有遇见她，他就不会承受那么多作为天之骄子不该承受的。

是她害了他，是她将他拖进了这个深不见底的沼泽。

只是再多的暂离，都没有打消罗景渠的半分决心和坚持，于是到最后，她只能趁着他去出差的时候，头也不回地失踪了两年。

她把自己的心，和他一起，留在了这座城市。

这一梦，邢晨漾仿佛将她的过去重新经历了一遍。

等她睁开眼睛的时候，她发现脑袋下的枕头都被她的泪水染湿了，而她身边的人，却依旧还沉睡着，他好看的眉头微微蹙紧，像是在睡梦中遭遇了不好的事情。

她用手轻轻地揉了揉他打结的眉心，想要下床去倒杯水，可她人刚一动，手腕就被他攥住了。

她转过头，看到他闭着眼睛，喃喃地道："漾漾，你别走。"

他没有醒，他只是在说梦话。

她浑身紧绷着，就这么一动不动地看着他紧抿的薄唇，眼眶顿时又红了。

"你不要走。"

过了一会儿，他又低喃了一句："我求你。"

她吸了吸鼻子，眼角那颗溢出的泪便顺势滚落进了她的发丝里。

在国外的山区里避世作画的那两年，她曾想过，他会不会来找她。

他会不会找到绝望、放弃……最后彻底忘记她，然后做回那个骄傲又无所不能的罗景渠，重新开始没有邢晨漾的人生。

她希望他这样，可内心深处又总幻想着他会不会依然没有放弃她。

有好几次，她实在是想他想得难受，人都跑到村庄里，想要借个电话联系他，但最终还是咬着牙，回到了住处。

她觉得她这样做，是为了他好。她觉得她这样做，是牺牲、是无私。

可是，那天梁喻诗下了直升飞机找到她的时候，梁喻诗却对她说——

"你觉得你这样做，是为了所有人好，是对得起所有人，可是你错了，你对不起你自己，更对不起他。你只是把你自己的想法强加在了他的身上，让他按照你想要的路走，你以为你这样一走了之，就是不自私了吗？你敢说你没有一刻侥幸盼望过他依然不会放弃你吗？"

"邢晨漾，你只是在自欺欺人罢了，你只是给自己树立了一个伟大的形象，来掩盖你内心真正的怯懦。"

女王的话很重，却将她一巴掌狠狠地打醒了。

于是她答应跟着梁喻诗回来。

她终于想要改变这个从头至尾只有她一个人欣赏的、只有她以为是最好的结局。

罗景渠醒过来的时候，他几乎是一下子从床上弹坐起来。

他侧头一看，看到了身侧空空如也的床铺，立刻伸手一探，床铺上已经没有热度了。

他的脸色陡然大变，立刻翻身下床。

这两年他的睡眠质量其实一直都很差，几乎很难睡个整觉，可是她回来的这一天，拥着失而复得的珍宝入眠，竟然使得他拥有了一个久违的好梦。

他睡得太沉，太安心，以至于彻底放松了警惕。

整栋小洋房此刻安静得连半点儿动静都没有，很难不让人想到一些最坏的情况发生了。

他随便套了一件短袖和运动裤，想要冲下楼，可是刚踏出卧室，他又猛地折返了回来。

他看到，昨晚他帮她提上来的行李箱，还静静地靠在墙边。

难道她没有走吗?

罗景渠刚刚提到喉咙口的心脏瞬间回落了一些,可虽然她的行李箱还在这,并不代表她人也在这,于是他又去楼下转了一圈,发现她竟然给自己削了水果,煎了鸡蛋,放在餐桌上。

罗大少爷完全纳闷了,搞不明白这到底是哪一出。

但是她人确实是不在。

那么她到底去哪儿了?

他蹙着眉头,坐下来吃她给自己弄好的早饭,吃着吃着,又拿起手机把电话打给了梁喻诗。

结果铃声响了半天,接电话的人是沈亦玺。

女王之手的态度极度恶劣:"你知道昨晚是别人的洞房花烛夜吗?"

罗景渠:"知道,但我老婆又跑了。"

"你当我这是警察局吗?人口走失不归我管。"

"我不找你,我找诗诗。"

沈亦玺一听到那个"诗诗",就觉得脑袋抽筋,二话不说直接就把电话给挂了。

"小心眼。"

罗景渠嘟囔了一句,终于还是没有了继续吃东西的胃口,抓了外套就出门了。

她现在没有手机,他联系不上她,也不知道她人在哪儿,只能盲目又漫无目的地开着车,沿着这一条街道缓行。

一路上路过的甜品店,他都会仔细观察一遍,发现她不在这附近的街区后,又转头开去她的大学,以前喜欢去的画室、咖啡店……

想要在这个偌大的城市里隐身,着实是一件很容易的事。

他的心一点一点沉下来,已经准备借用自己的人脉去调查机场和火车站,就在等红灯的时候,他忽然接到了一条来自罗父的消息。

他看到那条信息时,几乎怀疑自己是不是看错了。

"带漾漾回家住吧，让她从此以后都不要走了。"

他看得整个人都惊呆了，直到后面的人开始按喇叭，他才恍然大悟，然后他眼里大放光亮，直接一个猛调头将车往小洋房的方向飚。

到了小洋房门口，他一个健步跳下车，推开铁门。

冲到家门口的时候，他看到他找了老半天的邢晨漾正坐在餐桌边，吃他刚刚没吃完的水果，见他回来，她还冲他笑了笑，揶揄道："这满身大汗的，你上哪儿搬砖去了？"

他一动不动地站在门口看着她。

"你不吃的话，我全吃完啦，"她说着，从餐桌边起身，耸了耸肩，"等会帮我把东西收拾一下，车上应该放得下吧，我东西不多的。"

"你房间的色调实在是太暗了，爸妈说，我想改成什么样都可以。"

"我就不用粉色了，放你一条生路。"

罗景渠的呼吸有一瞬间都滞了滞。

这是他做梦都未曾奢想过的梦境。

他曾想过，他会不会一辈子都在追逐她、寻找她的路上，他也曾想过，他们会不会一辈子都没有办法手牵着手在这个世界上光明正大地相守。

他知道她爱自己，但也理解她的害怕和胆怯。

他已经做好心理准备，他愿意等她十年，二十年，甚至更久……他想总有一天，她会愿意为他勇敢一次，会愿意成全他们两个的爱情。

只是，他从没有想过，这一天突然就来到了他的眼前。

"你过来。"她见他一直不说话，这时走到他的面前，将他拉到了客厅的沙发边。

然后，她当着他的面，拿起了她放在茶几上的一幅用泡沫纸小心包裹着的画作，将泡沫纸和包装纸一一撕开。

"罗景渠，"她将所有的外包装都放在了茶几上，然后把画作递到他的手边，"这是我这辈子画的最用心的一幅画。"

他接过那幅画，眼眶一下子就红了。

那副画，是他此生永远都不会忘记的一个场景。

午后的阳光下，他在罗家大宅的餐桌边，递了一块糖到她的手心里，他告诉她，她从此以后都有了依靠，而黑发的女孩子对着他，露出了来到罗家大宅的第一个发自内心的笑容。

那一刻，他们的命运就被紧紧地牵连到了一起。

"这幅画，"他开口的时候，才发现自己的嗓子已然哽咽，"有名字么？"

邢晨漾望着他，然后笑着轻轻点了点头。

"这幅画叫做《告白色》。"

"我应该从来都没有对你说过吧，"她说，"罗景渠，我爱你，从未后悔，从未停止。"

他笑着偏了偏头，然后潸然泪下。

这个世上我最挚爱的色彩，就是你对我的告白。

一笔一划，所有浓墨淡彩，都是我炙热而永无尽头的爱。

（完）

第七夜

《怦然心动》

暗恋你原本是只属于我的秘密,
可你却点亮了我的满腔心意。

十二月的最后一个星期五。

拿着包快步走出这栋号称全S市最寸土寸金的办公楼WDS大厦，莫美终于深深呼吸了一口气，任由冷风灌进自己的身体里。

WDS是由美国人创办的全球首屈一指的跨国集团，横跨以娱乐业、教育业为首的多个行业，唯一开设的几个实习岗位几乎成为所有应届大学生都虎视眈眈的宝座。

她刚刚就是来参与几个岗位中最为抢手的岗位——大中华市场总监行政助理的最终面试。

总之，听天由命吧，她也已经尽力了。

如此想着，她随即就将忙活了几个星期的应聘抛在脑后，等上了出租车，便拿出手机给表哥戴宗儒打电话。

戴宗儒温雅的声音很快就从听筒里传出："兜兜。"

"哥，"她一边朝嘴里塞了一块巧克力，一边口齿不清地道，"你和嫂嫂已经到了？"

"五点就到了，正在和南骁他们聊天。"戴宗儒顿了顿，略微压低嗓音，"来了不少人。"

"噢。"

莫美一向对这种庆祝为虚、社交为实的聚会没有什么太大兴趣，每次都无故缺席，难得去一次，还是因为听说当天的晚餐特别好吃。

"那就这样，我这边不堵车的话，十五分钟后应该就能到。"

"好，到了告诉我，我来门口接你。"

挂了电话，莫羡又从包里掏出一包饼干拆开。

今天的这场聚会，主题为满月酒，是由和莫家世交关系不错的南家主办的，南家是S市老牌红色家族，现在第三代的杰出代表南骁年纪轻轻就已经坐稳二把手。今年年初，南骁的科研家太太司空笙还生下了一个儿子，这可乐歪了南家人的脸，南家最近可谓是在圈中春风得意，风头正劲。

不过，这些和她都没什么太大关系，她愿意过来纯粹只是因为主办人南骁和他太太多年待她亲厚，再加上今天他们家的长辈都有事不能出席，要是她和戴宗儒再不露面，就有些说不过去了。

连吃了四包饼干，车也终于缓缓停在了酒店门口，莫羡在司机大叔晃晃的"这小姑娘也太能吃了"的目光里付了钱，慢吞吞地朝酒店走去。

穿过金碧辉煌的酒店大堂，远远就望见戴宗儒挺拔的身影站在宴会厅大门边，她笑眯眯地一溜小跑过去，顺手挽住戴宗儒的手臂。

"饿不饿？"戴宗儒笑着拍拍她的脑袋。

"还好，"她用手指擦去嘴角的饼干屑，"今天的晚餐好吃吗？"

戴宗儒带着她往人声鼎沸的宴会厅走，忍俊不禁："你南骁哥为了不让你缺席，特意嘱咐厨师准备了十几种口味的糕点。"

莫羡本来兴致缺缺，一听到这，立马回血："南骁哥和小侄子在哪里啊？快带我过去抱大腿。"

两人几步走近主餐台，莫羡动作一气呵成地顺了盘子里一块芒果蛋糕到嘴里，含含糊糊地和众人打招呼："南骁哥，笙笙嫂，豆丁嫂……唔，还有小金元宝，晚上好。"

"晚上好，兜兜，"正抱着儿子的南骁一笑，整个人更为丰神俊朗，"能把你请出山可不容易。"

"我哪有那么大牌，"她嘿嘿笑着，再眼明手快地吞了两个布丁，才擦擦手，伸手要去抱小宝宝，"来，兜兜姨妈抱。"

伸手接过软嫩的小宝宝，她瞧着小宝宝乖巧吮着小手指的模样，心上欢喜，转头侧向司空笙："笙笙嫂，金元宝的眼睛长得和你一模一样哎。"

说完却见宝妈毫无反应，一脸呆滞，一旁的南骁叹了口气，赶紧揉了揉太太的肩膀："笙笙，兜兜在和你说话。"

"……啊？"司空笙这才回过神，"噢，我刚刚在想实验室里的那盘真菌……兜兜，你刚刚说了什么？"

大家都哄笑起来，莫羡的表嫂单叶笑得前仰后合："我又想起笙笙当时生产，进手术室前她对南骁说的最后一句话是，你快打个电话回研究所告诉他们千万别动我的培养皿，我生完孩子回去还要用的！"

单叶模仿得惟妙惟肖，S市金牌妇产科医生戴宗儒还很配合太太，在一旁补刀："我把金元宝递给笙笙看的时候，她皱着眉头说，好丑，还不如研究所里的大猩猩。"

司空笙被大家如此调笑，尴尬得满脸通红，倒是南骁早已习惯自家太太爱科研胜于一切的精神，护妻心切，反而把话题往莫羡身上引去："兜兜，现在就差你了，你表哥可一直都等着亲手帮你接生的那一天啊。"

莫羡原本正在逗小宝宝，一听这茬，连忙将小宝宝抱给单叶，弯腰专心用叉子吃起蛋糕："嗯，这提拉米苏味道真不错……"

"兜兜，你也快毕业了吧，最近有不少人来问我，莫家的小姑娘怎么会还没对象？"南骁倒也是关心她，"不少人想托我说媒的。"

"……别，"莫羡咬了半口蛋糕，连连摆手，"千万别，这都什么年代了，还流行包办婚姻啊，我爸妈都不管我。"

"他们不是不管你，是管不动你。"戴宗儒摇摇头，"我们家就你一个小女孩，爷爷还把你当掌中宝似的宠着，谁敢管？"

"我怎么没觉得我被宠着，"莫羡小声嘟囔了一句，"晚饭多添碗饭都要被爷爷唠叨……"

"咱们兜兜讨人喜欢着呢，"单叶边逗着小宝宝，边笑着看她，"所以选择能够和她相配的终生伴侣很重要，一定得要她自己真心喜欢的那种。"

"对啊，嫂子说得没错，首先要得接受我胃口比他大的，"莫羡把每个甜点都尝了个遍，才满足地道。

刚说完，莫羡放在贴身裤子口袋里的手机突然就震了起来，她摸出手机瞧了一眼，看到是好友吴悠的电话，很随意地就接了起来。

"面试还挺顺利，没出什么大纰漏。"她先发制人，"还有，给我留点夜宵犒劳我，我晚点就回学校。"

"你的重点是后面半句吧……"吴悠幽幽地回道。

她摸着鼻子笑了两声，却听见吴悠的音调忽然一变："莫羡，我有事情要告诉你。"

吴悠和她厮混多年，平时极少正儿八经地叫她的全名，莫羡心里有些奇怪，嘴里还是在开玩笑："你怀孕了？"

"呵呵，那你肯定是孩子的亲爸。"吴悠冷笑一声，"是关于邱亦扬的，你还要继续贫吗？"

莫羡嘴角的笑容凝固住了。

原本略带喧闹的会场，形形色色的人，各种各样的声音，在吴悠说完这句话后，突然像是全部静止了。

她握着手机，转过头还能看到戴宗儒他们在说话，可虽然他们的嘴唇在一张一合，讲话的内容她却一点也听不到。

"你等我一会，我找个安静点的地方再打给你。"

过了好一会儿，她才像是突然回过神，挂了电话，迈开步子就朝宴会厅外走去。

心脏咚咚地在跳，震耳欲聋，她一路跑到酒店洗手间旁的一个无人暗角，立刻就回拨给了吴悠。

拨号的过程中，她反复呼吸了几下，还轻轻地握紧了自己的手心。

她生性豁达，几乎很少紧张在意某些事情，可现在这样未知和等待的过程，几乎让她的大脑变得一片空白。

"……悠悠，"等电话终于被接通，她的嗓子都有些哑了，"你说吧。"

那边吴悠似乎很明白她此刻的心情，干脆地开口："邱亦扬今天提早从C国回来了，下午刚到的S市。"

"还有，他好像早就和他女朋友分手了，听说是他提的。"

莫羡听完吴悠的话，掐着手心强迫自己千万要冷静下来。

这么多年了，她竟然还是这样，光是听到他的名字，就会开心得脸颊发烫，耳朵发红。

吴悠听着她紊乱的呼吸声，调笑道："是不是很开心？"

"非常。"她摸了摸自己的脸颊，不能更诚实，"开心得简直要发疯了。"

"是因为听到他回来开心，还是听到他分手了开心？"

"都开心。"

"……莫兜兜你知不知道太实诚了会让人很没乐趣啊！"吴悠气急败坏地吼了一句，又叹了口气，"说实话，我真的从来没见过像你这么痴情的女的……虽然亦扬他是很招人喜欢没错啦。"

"我马上就回学校，"莫羡的语气忍不住地得轻快起来，"等我啊，还有夜宵，要特大份的。"

在吴悠骂骂咧咧的声音里收了线，她弯着嘴角回到场子内，再陪大家聊了一会，她发现南骁人不在："笙笙嫂，南骁哥呢？"

"说是要找几个人谈点事，一会就会回来。"司空笙回答。

莫羡点了点头，却瞥见单叶在一旁悄悄朝她使眼色。

她不动声色地走到单叶身边，单叶拉着她往甜品餐区走了几步，才轻声和她说："南骁其实是被他爸爸叫过去了，南老爷子的身体在走下坡路，下面一帮小的都已经想着要开始分家夺权了，南骁不想让笙笙和小金元宝卷进去。"

"所以南骁最近也很累，也很头疼。"戴宗儒在一旁听着，也轻轻叹了口气。

莫羡摇摇头，心里担心着南骁他们，又有些说不出的唏嘘。

虽然她的爷爷也是S市举足轻重的人物，膝下一儿一女，却没一个子承父业，莫羡父亲从商，戴宗儒母亲则去当了小学校长，戴宗儒还是在爷爷的支持下毅然选择了七年本硕连读当医生，而她呢，爷爷也总是对她的理想给予鼓励，不希望她踏入政圈。

所以，她从小生长的环境都是快乐自由的，每每想到其他家族里那些错综复杂的家庭伦理大戏，她都会感叹自己的幸运。

直到宴会快要结束时，南骁还是没有回来，莫羡便和戴宗儒他们一起先将司空笙和小金元宝送回家，再坐地铁回学校。

在地铁上的时候，她思来想去，还是按捺不住，试探着给邱亦扬发了一条让他好好休息的微信，因为知道他刚回来肯定会很累，她也没有抱太大希望他会立刻回复她。

她天不怕地不怕，只有在面对他的时候，总是显得那么地小心翼翼。

刚开始喜欢上他没过多久，她才知道他已经有女朋友了，于是她只能把对他所有的感情都埋进心底最深处，理智清晰地划开他们之间仅止于朋友和同窗的关系，在安全的区域里如履薄冰地和他相处。当他出国后，她更是只能隔着手机屏幕，去关注他偶尔在朋友圈里发出来的动态。

只有在节假日时，她才会借着一句群发似的节日祝福，对他问出一句"你好吗"，得到他的"不错，你呢"，也会兴奋半天。

她其实真的很想放弃喜欢他，往前走，去看看别的风景。

可是，事实上，这真的比她想象的要艰难太多了。

想得入神，直到手里的手机震了震，她才手忙脚乱去看，屏幕上是来自邱亦扬的回信。

"谢谢你兜兜，我明天下午3点会来学校给学弟学妹做一次分享，你如果有空的话可以来听听，结束后可以一起吃个晚饭。"

他竟然邀请她一起吃饭。

她用手揉了揉眼睛，还怀疑自己是不是看错了，抖着手回得飞快。

"我来！我明天下午没课。"

"好，那明天见。"

"明天见。"

对话结束，她反复看着这几行字，还是有些不敢置信，过了半晌，才捂着嘴轻轻笑了起来。

回到寝室，吴悠正盘腿坐在床上做瑜伽，她心情好，扔了包一屁股坐在吴悠的床上："你看你的胳膊，都快变成骨架了。"

"练体型你懂不懂啊，练体型，"吴悠瞥了她一眼，"女人，保持身材的姣好很重要……你当谁都像你啊，天天往死里吃都不长肉。"

"噢。"她伸手拿过夜宵打开，"你家弘烨在美国，你保持姣好身材他又碰不到摸不着，有什么用。"

吴悠脸一红，抬手要揍她，却被她笑着躲开。

吴悠的男朋友弘烨比他们年长两届，是邱亦扬的同班同学，当年在学校也是风云人物，现在人在美国读MBA，这对金童玉女算上异国恋已经整整在一起四年了，感情一直都很好，估计等弘烨一回来就要准备结婚了。

两人窝在床上说了一会话，吴悠看着她，忽然冷不丁来了一句："莫兜兜，你怎么心情那么好？"

她摊了摊手："有这么明显吗？"

"你的笑容就没掉下来过，"吴悠用手指比划了一下自己的脸，"快咧到耳朵上了。"

她笑嘻嘻的："他明天约我吃饭。"

吴悠愣了一下："邱亦扬？"

"嗯。"

吴悠抱着手臂斜睨她："瞧你那嘚瑟劲儿！"

"能不嘚瑟吗？"她朝吴悠举了举胳膊，"我暗恋他整整三年了，现在他终于单身了，怎么说我都得去和他死磕把他追到手。"

"虽然我觉得你不贫嘴的时候挺讨人喜欢，"吴悠一脸正经，"但是有一说一，邱亦扬真的很难追，他之前那个女朋友，也是他的第一个女朋友，我听弘烨说，那女生当时追了他好久他才答应的，而且在一起之后感觉他对那个女生也没有很热络，甚至都没碰过那个女生。"

"我就喜欢这种高难度的高岭之花。"她冲吴悠吐了吐舌头，"如果不是只喜欢他，怎么也喜欢不上别人，说不定我现在和别的男的孩子都抱俩了。"

"呸，"吴悠冲她吐口水，"你就是个受虐狂吧？"

两个女孩子直接在寝室里扭成了一团。

第二天，莫羡起得很早，吴悠还在昏睡的时候她就已经睡不着了，索性起床下楼晨跑，完了回来洗了个澡，再和吴悠一起去吃早饭上课。

等吃完午饭回到寝室，她在衣柜转来转去，在旁边和弘烨视频的吴悠实在是看不下去了，直接从她的衣柜里扯了一条连衣裙扔在了她的脸上。

虽然吴小姐很暴躁，但是不得不说一句这条裙子确实选得很好。

她格外用心地化了个淡妆，又在镜子前摆弄了好一会儿，才步履匆匆地下楼。

等她一路小跑到J楼，已经超过三点了，走进电梯的时候，莫羡走路的步子都有些飘，整个人还觉得头晕脑胀的。

她真的太紧张了，她很怕等会一见到许久未见的他，自己一直百般克制的情感就会超脱控制。

怀揣着这样的心思，她终于一步一步踏出电梯，来到了四楼尽头的阶梯教室。

阶梯教室的后门半掩着，里面有人在低沉地说着话，莫羡顿住脚步，想要推开后门的手就这么突然顿在了半空中，她下意识地屏住了呼吸。

这道声音，她怎么也忘不了。

这扇门的背后，有她整整三年都默默喜欢着的人。

这是一个隐秘的，只属于她的秘密。

莫羡的手这时终于轻轻地落在了门板上，将门推开了一些。

在她的视线里，整个阶梯教室宽敞而明亮，几乎座无虚席，而邱亦扬则站在教室的最前方，他穿着干净得体的淡灰色衬衣，下面是黑色的长裤。

他额前的头发稍稍有些长，却还是能看到金边镜框后清俊的眉眼，说话时脸上始终没有太大的表情，声音也一直不高不低。

思考的时候，他还是会习惯性地用手指轻轻按揉自己太阳穴。

整整三年了，他却好像还是一点也没有改变过，他的模样，他所有最细小的习惯，她都记得很清楚，甚至比她自己的事情记得还要清楚。

莫羡一动不动地看着最前方的他，吸了吸鼻子，突然觉得眼眶有些发热。

当她还未来得及从自己的情绪里抽身的时候，被她注视着的人已经发现了她。

邱亦扬一边继续说着话，一边冲着她的方向，微微地勾起了嘴角。

她用力咽了口口水，感觉自己的心脏都快要从胸口跳出来了，赶紧转头找了最后一排的空位子坐下来。

他的留学经验分享很精炼，也很有干货，下面的学弟学妹都听得入迷，尤其是小学妹们，个个眼里都闪动着光看着他。

莫羡觉得自己听得很认真，可是到最后又觉得自己其实一个字都没听进去，光顾着盯着台上的人猛瞧了。

等邱亦扬的分享结束，好些个学弟学妹都围上去找他问问题，还有甚者想要问他要微信，她就站在人堆外头看着他一边淡定地回答问题，一边疏冷地拒绝给微信，心里忍不住想着，本大学知名高岭之花真是名不虚传，铜墙铁壁刀枪不入。

眼看着学妹们纷纷铩羽而归，教室里的人也渐渐全都散去，邱亦扬收拾完东西，将袖管微微卷起，拿上大衣朝她走了过来。

莫羡觉得自己的心脏都要从嗓子眼儿里跳出来了。

他走到她的跟前站定，目光微微闪动两秒："长高了？"

她都愣住了，张着嘴巴"啊"了一声。

没等她反应过来，他又补充了一句："那就是瘦了，下巴都尖了。"

天，两年没见，他怎么一上来就玩这么刺激的。

她的脸瞬间红成了西红柿。

本来对着他的时候，她就会自动变得紧张词穷，这下被他如此一说，她真的快要血管爆裂而亡了。

邱亦扬将她脸上的表情尽收眼底，语气淡淡地道："想吃什么，你帮我接风，我请。"

她两只手绞在了一块儿："都行，我晚上一般吃得不多。"

他推开教室门往外走："莫兜兜，你这么淑女我很不习惯，我记得以前吴悠说过你一个人可以吃完一整盘大盘鸡的。"

莫羡心里想着自己在他眼里到底是什么骇人的形象，试图誓死捍卫自己的尊严："学长，我一直这么淑女的，请你习惯。"

他终于绷不住笑出了声："好，淑女，晚上吃披萨怎么样？"

熟悉他的人都知道，他说话的时候一般不太会有很丰富的表情和语气，可是她这一刻却从他的神情和语气里体会出了一丝真真切切的轻松和愉悦。

这让她一下子变得更紧张又更充满期待了。

邱亦扬选了一家离学校不远的环境安静的西餐厅，落座后，他让她先点了菜，然后问服务生要了两杯芒果汁。

莫羡一愣："我记得你以前不爱喝芒果汁的。"

他点了下头："但是我记得你最爱喝，所以出国后我也尝试着开始喝了，喝多了，就觉得还挺好喝的。"

她觉得自己的心脏又要不行了。

在他出去读研之前，他们之间的相处还是像普通学长学妹一样，虽然关系不错，但是到底还是有些拘谨的，尤其她说话时，会特别注意去克制每一句话都不会显得过于亲昵。

可是他忽然这么说话，会让她真的开始抱有一些她以前从来不敢奢望的幻想。

于是，上天入地脸皮一贯超厚的莫羡同学，突然就想开始装鸵鸟了。

上了芒果汁之后，她一直在埋头喝果汁，对面的邱亦扬托着下巴看了她一会儿，忽然冷不丁道："兜兜。"

"啊。"

她紧张地咬了下吸管。

他说："其实我一直有个问题想问你。"

她吞了口口水，逼迫着自己去和他对视："……你说。"

他清俊的脸庞上这时挂上了一抹似笑非笑："你是不是有点怕我？"

她张了张嘴，原本咬在嘴里的吸管也一下子滑落了下来："……你为什么会这么觉得？"

他单手托着自己的下巴，静静地注视着她："我看你和其他人相处的时候，状态好像和现在完全不一样。"

她语气紧绷："我都是什么状态？"

他好像又被她的模样逗笑了，眼睛弯了一下："你对着其他人的时候，比如和吴悠他们，你极其活跃又话唠，但是你每次对着我，都像是做错事的学生对着老师。"

做错事的学生："……"

莫羡想说一句"我不是我没有"，但是反省了一下自己对着他确实每次都会因为紧张而变得过于严肃和拘谨。

过了两秒，她叹了口气，揉了揉自己有些泛红的脸颊："我没有怕你，你有什么好怕的。"

他点了下头，莞尔道："那你的手在抖什么？"

她快要被逼疯了，说好的高岭之花呢！怎么突然就变得这么咄咄逼人了！

莫羡想着再这样下去自己估计连这顿饭都吃不成了，索性破罐子破摔："开我玩笑这么有意思吗？"

邱亦扬："有意思。"

她没好气地鼓了鼓腮帮："我都快没脸没皮了，现在来取笑取笑你。"

他倒是并没有反对的意思："你想取笑我什么？"

她也不知道怎么的，脑子一热，直接就来了一句："那就来聊聊你上一段感情吧。"

这句话一出来，她就大喊不妙，可是说出去的话已经覆水难收了，莫羡整个人都僵在了座位上，紧张地看着对面的邱亦扬。

可谁知道，对面的人接到这个问题，连表情都没有变，依然是那副淡定的模样："你想听这个？"

她张了张嘴，又咬了下牙，过了几秒说："想。"

他垂了下眼帘："为什么想听？"

她怔了一下，耳根又有点儿红了："八卦有谁不爱听。"

邱亦扬看了她几秒，然后温声道："其实并没有什么特别的。"

她望着他，低声问："你伤心吗？"

他摇了摇头。

"可能是因为我之前没有谈过恋爱，也不懂得怎么谈恋爱，当时就觉得对方追了我很久，也很真诚，想着自己再不答应她是不是不太好，就答应了。"

他沉默了几秒，不徐不缓地开口道："后来真的确定关系了，才发现，可能我对情感方面比较迟钝，后知后觉地才感觉到自己其实并不喜欢对方。然后当时没过三个月我就出国读研了，异国恋的时候更清楚地看到了这段关系其实是不平等的。我不想让她一直陷入到这样的情绪里，希望她及时止损，找到更适合她的男生，所以就主动提分手了。"

莫羡张了张嘴。

最开始在她得知他有女朋友的时候，当真是以为人家是天造地设两情相悦的一对儿，压根都不敢去细问他们的情感状况，光顾着自个儿埋头为暗恋无疾而终而伤心默哀了，然后没过多久他又出国了，她更觉得没戏了，就这么在原地当鸵鸟当了整整三年。

要不是今天她自己嘴一快问了他，她永远都不会知道他的这段感情原来是这么一回事。

"现在想来。"他顿了一下，"可能是我当时还不知道喜欢一个人究竟是什么感觉吧，也没有处理好那段感情。"

当时。

她很敏锐地抓住了这个词，然后脑袋一热，又嘴快了："那你的意思是，你现在知道了？"

邱亦扬被她的话堵了一下，然后露出了一个很微妙的表情。

在莫羡又想咬掉自己舌头的时候，她忽然看到他极轻极快地点了下头。

她又懵了。

所以，他的意思是他现在知道喜欢一个人是什么感觉了。

那也就是说，他现在有一个真正喜欢的人了。

阅读理解做完，莫羡觉得自己的心态又崩了。

她想着他单身了，又回国了，好不容易下定决心这次一定要拼尽全力地追他，圆了自己三年的暗恋，哪怕结果是不成功的，至少她会勇敢地跨出这一步。

可是又一次，她都还没开始起跑，就已经被宣告比赛已经结束了。

她死死地咬着自己的嘴唇，几乎是极力克制自己的表情管理，才没有让自己当场失态。

幸好，这个时候服务生端了他们点的餐点上来。

她眼神闪躲，生硬地扯开了这个话题，僵着嘴角笑："来，学长，吃饭吃饭，我饿了。"

说完，她就把头低了下来。

邱亦扬不动声色地在对面看了她一会儿，然后给她切了一块披萨放到她的盘子里，她的手颤了一下，低低地对他说了一声"谢谢"。

此后，她都没怎么说过话，餐桌上的气氛也一度很尴尬。

她知道自己其实不应该这样，他提出的请她吃饭，她至少应该开开心心地和他吃完这一顿饭，然后等回到寝室之后再好好地大哭一场。

她不应该让他看出来，自己的心情一下子不好了。

她其实一直都被吴悠称为没心没肺的人，可是不知道为什么，到了他的事情上，她就会变得完全不像自己。

就这么有一搭没一搭的，挨到一顿饭结束，等邱亦扬买了单，她在店门口冲他挥手告别："学长你早点回去吧，我从这边走回寝室楼很近的。"

他在夜色中静静地注视了她几秒，摇了摇头："我送你。"

然后不等她再说什么，他就已经抬步往学校的方向走去了。

莫美只能亦步亦趋地跟在他后边。

两个人安安静静一前一后地走着，她在他身后，看着他宽阔利落的肩部线条和挺拔的背脊，心里更难受了。

她其实一直都在离他这么近的地方。

但是她却只能看着他，她什么都不能做。

连开口也不能。

走了没几步，邱亦扬不动声色地把脚步放慢了，落在了她的身侧。

"兜兜。"

他忽然低低地叫了她一声。

她因为沉浸在自己的情绪里，过了两秒，才"啊"了一声。

他的目光里波光流转："你有喜欢的人吗？"

莫美的脚步都顿了一下，过了几秒，她才道："有……不过，他喜欢的人不是我。"

说完这话，她感觉自己的眼睛已经红了。

邱亦扬垂眸看了她一会儿："你怎么知道他不喜欢你。"

她没吭声。

等到了她的寝室楼下，她隔着几步，咧开嘴冲他摆手："学长，我先上去了，谢谢你今天请我吃饭，还送我回来。"

他的两手插在衣服口袋里，点了下头："不客气的。"

"那我先走啦。"

她转过身，就觉得自己的视线已经模糊了。

几乎是几步跑上寝室楼的台阶，她甚至不敢回头看，觉得多看一眼都是奢侈，就在这个时候，她隐约听到身后传来了一声邱亦扬的声音。

他好像是在叫她。

大概是幻觉吧。

她心里这么想着，直接上了楼。

等回到寝室，吴悠正敷着面膜看综艺笑得四仰八叉，一见她进来，刚想和她说话，就看到她直接扑倒在了床上。

吴悠吓得面膜都掉下来了，赶紧连滚带爬地过去："靠，莫兜兜，你怎么了？"

她把脸埋在被子里，直接稀里哗啦地开始哭。

吴悠跟她关系好成这样，过了一会儿，估计是猜到什么了："邱亦扬把你拒绝了？"

她一边流眼泪，一边点头，可点了一下，又摇了摇头。

吴悠一脑门问号："什么鬼？"

她从被子里抬起头，断断续续地把晚上发生的事情给吴悠说了一遍，吴悠听完之后，眯了眯眼："莫羡我觉得你脑补的成分有点多啊，你怎么知道他是真的有喜欢的人了？有可能人家只是知道啥叫喜欢了，在情感上进化了而已，并不是真的实操了呢？另外，我觉得他对你有点儿和对别人不太一样啊，你难道没发现吗？"

莫羡只觉得好姐妹是纯粹在安慰自己而已，她冲吴悠摆了摆手，把衣服脱了往浴室去了。

等她洗完澡出来，吴悠还想和她盘一会儿，她却选择直接上床睡觉，气得吴悠直接在下面骂骂咧咧的。

第二天莫羡把课全翘了。

吴悠从早上就在下面拍她的床沿，她就在上面装死，吴悠没法子，只能把早饭扔在她的书桌上，气鼓鼓地去替她签到了。

她其实一宿都没怎么好好睡觉，醒醒睡睡，眼睛瞪得像铜铃。

她只是要再一次去接受刚刚燃起的希望被扑灭的那种感觉而已。

这应该不是一件那么困难的事。

一直在床上快躺到接近中午的时候，她忽然接到了一个电话。

是WDS的人事，对方说，面试官对她的表现非常满意，讨论过后决定正式录用她成为实习生，要她查看下邮箱里的合同链接。

这原本是她梦寐以求想听到的好消息，讲道理她应该立刻去寝室楼楼下欢呼着跑三圈，可是她挂了电话，却觉得自己的心情还是好不起来。

这叫什么。

职场得意情场失意？

她苦笑了一下，慢吞吞地翻身下床。

吴悠回来的时候，她刚提交完WDS的合同，正准备继续上床装尸体，没有留意到吴悠一进来脸色就有点儿奇怪，只是随口说道："刚WDS发合同来了。"

她脚刚踩上台阶的时候，就听到吴悠忽然来了一句："莫羡，我现在真的很想抽你一顿。"

她有气无力："明天再抽，我现在没力气。"

吴悠二话不说，没好气地冲着她的屁股直接来了一脚。

莫羡被这一脚踹得差点摔下来，捂着屁股大叫："吴悠你能不能体谅一下失恋的人的心情！"

"你失恋个屁！"吴悠伸出一根纤细的手指指着她，"你别在这儿给我要死要活了，一天天的戏多的要上奥斯卡似的，赶紧麻溜地穿好衣服给我滚下去。"

她还有点懵："滚去哪里？"

吴悠的白眼快翻出眼眶了："寝室楼下，有人在等你。"

她的心一跳，警觉地道："谁？"

吴悠直接把她从梯子上猛地拽了下来："你男人。"

莫羡目瞪口呆地看着吴悠："我哪来的男人？"

吴悠懒得理她了："你再不下去，他就要被别的女的生吞活剥了我告诉你。"

她站在原地杵了一会儿，忽然想到了什么，撒丫子跑到窗户旁边，低头往下看。

只见他们寝室楼正对面的那棵树下，此时站了一个她最为熟悉的身影。

那人穿着好看的黑色大衣，双手插在衣服口袋里，挺拔的身材和清俊好看的眉眼，随便往那一站就是一道最亮丽的风景线。

而来来往往的女孩子，几乎每一个，都会忍不住去看他。

莫羡揉了揉眼睛，以为自己是在做梦。

"他……邱亦扬现在在楼下等谁？"

她木木地张了张嘴。

吴悠直接从浴室里扯了一条毛巾过来扔在了她的头上："等戏精。"

她感觉到自己整个人一瞬间都被点亮了，抓着头上的毛巾慌不择路就去床上翻手机，一点开手机屏幕，果然看到邱亦扬发来的微信。

"我在楼下，有空下来一趟吗？"

她抓着自己乱糟糟的头发，不可置信地转过头去看吴悠。

吴悠抱着手臂："我昨天就说了，你都不让人家把话说完就自己脑补了两百出大戏，给自己顺便也给人家判了死刑，哪有你这样的人啊？"

她说话的声音都哆嗦了："你，你是说……他，他喜欢的人是……？"

吴悠："赶紧洗把脸滚下去吧！"

莫羡以平生最快的速度去浴室洗了脸刷了牙，然后从衣柜里挑了条裙子就要往下冲。吴悠把她拽回来，用梳子给她把翘毛的头发梳平，才把她推出门外。

一路跑下楼梯的时候，她其实脑子里有千言万语，但是这所有的话语，等她跑到他面前的时候，都在一瞬间蒸发了。

邱亦扬应该在下面等了有一会儿了，可是他的脸上并没有出现一丝不耐，相反，在看到她出现的那一刻，他一下子就弯着嘴角笑了起来。

莫羡的脸一瞬间涨得通红："……学长。"

他的手轻握成拳抵在唇边："你这眼睛，简直比大熊猫还要夸张。"

她僵了一下，抬手摸了摸自己红肿的眼皮，选择自暴自弃地捂住了脸。

"莫兜兜。"

下一秒，她忽然感觉到有一双温热的手握住了她的手，将她的手从脸颊上拉了开来。

双手间触碰的热，使得她脸颊上的温度愈加升高，他将她的手握在了手心里，却并没有放开，反而牵着她，往树后面的长椅那边走去。

莫羡觉得自己的心脏都要从胸口跳出来了。

走到长椅边，他拉着她坐下来，目光含笑地看着她："听吴悠说，昨天晚上你自己脑补了一出大戏？"

她的目光落在他和自己交握的手上，一时语塞。

她有一瞬间感觉自己什么都听不到了，只有震耳欲聋的心跳声在回荡着。

见她不说话，他又说："我昨天说，我现在终于懂得了什么才是喜欢的感觉，也就是说我现在确实有一个喜欢的人，你理解的并没有错。"

"但这个人不是别人。"

"是你，莫羡。"

她张了张嘴，猛地抬起头看着他。

他的目光很温和，少了平日里面对其他人时的疏离，里头有货真价实的柔软和温热。

"在我出国前，还是在弘烨和吴悠看不过去的提点下，我才隐约知道了你对我的感觉，但是当时我已经接受了另一个女生，关于这一点，我很抱歉，是我没有做好，不仅是对我前女友，还是对你。"

他的语气还是那么不徐不缓，听得人整颗心都放软了。

"等出了国，一个人在那边学习生活，我有了更多的时间去思考，无论是和我前女友之间的事情，还是关于真正喜欢一个人这件事。后来，彻底想明白之后，我认真地和她提了分手，也越来越觉得，和你当时相处的那段日子，我真的很快乐，而且我总是会忍不住想到你，其实我一直有默默地关注你的动态，也会有意无意问弘烨去打听，但是我不确定我出国之后你还会不会喜欢我，我也不想耽误你，万一你当时遇到了更喜欢的人，我不应该让你承受和我异国恋的风险，我也觉得在不见面的情况下开始一段感情，显得我没有十足的诚意和尊重，所以我想等到回国之后再当面跟你说这件事。"

"抱歉，这么长的一段日子，在我还没有考虑清楚之前，都让你一个人扛过来了。"

他的目光里透露着明显的心疼。

她听完，咬着唇摇了摇头："没关系的。"

冷静的思考，郑重的开始，这都是他最真挚的态度，这比激情和冲动让她更安心。

"其实，有时候我也并不是像大家看到的那样自信，你是个很优秀的女孩子，我也耳闻了你在家里从小到大都是被你爷爷、被你家人百般疼爱着的，所以我还想过，我是不是够格做那个保护你一辈子的人，也因此，我在国外更卖力地念书、做实习、求职，想着回来的时候可以更好地站在你的身边。"

听到这里，她觉得自己的鼻尖已然有些发热了，她终于忍不住，低声道："你怎么会不够格。"

他握着她的手紧了紧，莞尔道："所以，喜欢一个人真的会变得多虑，不只是你一个人会这样。"

"其实在回国前，我就已经想好了，如果等我回来，你有了其他喜欢的人或者男朋友，我也会祝你幸福，但是如果我还有机会，那么我一定会好好地跟你告白，把所有想说的话都一一告诉你。"

"其实我不想那么着急的，想循序渐进慢慢追你的，但是昨天晚上我看你好像误解了什么，想着干脆直接跟你告白得了，但是你理都不理我就进楼了。"

说到这，他似乎有些头疼地揉了揉太阳穴："我后来只能去问吴悠怎么办，她让我今天忙完就过来找你，不然你可能自己把后半生一哭二闹三上吊的戏码全都给安排好了。"

她听得瞬间忍俊不禁，原本在眼眶里打转的眼泪都变成了笑。

当自以为是的单箭头变成了双箭头，是一种什么样的体验？

莫羡从来都没有想到过，她放在心里整整三年的暗恋，她本以为会无疾而终的暗恋，竟然会有一天，可以在阳光下生根发芽。

她也做梦都没有想到过，有一天，这个她放在心底最深处百般小心单恋着的男人，会认认真真地握着她的手告诉她——我也喜欢你。

"以后，我一定会大大方方地牵着你的手去到你家，告诉你的爷爷，你的家人，我会好好保护和珍惜他们的掌中宝莫兜兜。"

"虽然我也有些顾虑和担心，但是，只要你喜欢我，我就有足够的底气了。"

他说着，眼底里是满满的笑意。

她也笑了，这时冲着他眨了眨眼睛："那你估计底气会多到满溢出来。"

邱亦扬这时伸手将她整个人朝自己拉过来一些，捏了捏她的脸颊："我不在的这两年，你瘦了好多，我现在要做的第一件事，就是要把你养胖回来。"

她揉了揉自己红红的眼眶，噘着嘴道："邱亦扬，那你估计要被我吃破产了，我告诉你，我胃口很大的。"

他看着她，轻轻眯了眯眼："我怎么记得，昨天还有个人才告诉过我，学长，我是淑女，我吃得不多？"

她边笑，边抬手轻拍了一下他的肩膀。

"不怕，你尽管吃，我负责养你就好，"他这时抬手摸了摸她软软的头发，"接下来的日子，我要好好弥补这几年落下的，陪你去所有你想去的地方，吃所有你想吃的，弘烨和吴悠虐过你的，咱们加倍虐回去。"

"你急什么？"她大笑，"邱亦扬，日子还长，你做牛做马，慢慢还。"

"好，"他低头亲了亲她的额头，"慢慢还。"

暗恋你原本是只属于我的秘密，可你却点亮了我的满腔心意。

我喜欢你，从未停止，从未犹疑。

（完）

第八夜

《钟意》番外

路很长，月很亮，
爱你直到地老又天荒。

付熠秋陪钟伊宁回T市找陆延办离婚手续，已经是她怀孕三个月之后的事了。

　　比谈好要离婚的时间晚了几周，陆延起先有点疑惑为什么他们反而把时间往后拖了，讲道理，其实他们应该比他更希望快点在法律意义上结束这段婚姻关系。

　　后来等到他们出现在了办手续的地方，注意到付熠秋全程搂着钟伊宁，动作格外小心谨慎，陆延立刻就了然了其中缘由。

　　钟伊宁孕吐的情况比较严重，而且又坐了长途飞机，一张小脸儿煞白煞白的。付熠秋看她难受，心里比她更难受，眉头一直微微蹙着，悉心耐心地照顾着她。

　　付熠秋将她扶到了椅子上，将材料递给陆延，淡声道："动作尽量快点儿。"

　　陆延接过材料，忍了忍，还是没忍住，语气有些酸酸地说："已经怀上了？"

　　付熠秋看了他一眼。

　　陆延被这一眼扫得着实有点儿背脊发凉，没再说什么，转身就主动去窗口办理手续了。

　　钟伊宁确实感觉整个人的状态有点疲乏，也不想在这儿多待，她始终紧紧地牵着付熠秋的手，等配合工作人员完成了自己的部分，她转过头就冲他撒娇："我等会儿想吃甜点。"

"好，"他立刻微微弯下腰，"带你去吃，但是不能多吃。"

她乖乖巧巧地点了头，眨了眨眼睛："那我要买好几种，每一种都尝一口，那样每种都能吃到了。"

"剩下的都给你吃。"她又补充了一句。

付熠秋无奈地抿了抿唇："等宝宝出生了，你是想要别人问一句，为什么胖的不是妈妈，而是爸爸对吗？"

她笑了起来，刚刚苍白的脸色都变得生动了起来。

因为付熠秋的长相和气质出众，办手续的地方来来往往的人几乎都不由自主地把视线往他身上瞟，瞟完又去瞟他搂着的钟伊宁，接着发现旁边的陆延也长得不赖，于是路人们立刻在心里对这三个人的关系进行了一番激烈的推测。

然而付熠秋对这些目光全都视若无睹，只在意她的感受，为了缓解她的身体状况，性子一向很淡的他，还试图给她讲笑话逗她开心。然而他讲笑话的功力着实拙劣，最后她不是被他的笑话逗笑的，而是被他即便浑身不自在也要努力去讲笑话的样子逗笑的。

等手续全部办完，陆延和他们一起离开，到了大门口，他欲言又止了半天，最后还是低低地问了一句："你们就准备一直住在英国了？"

钟伊宁点了点头。

陆延咬了下牙："你们其实可以回T市的，我又不会吃了你们，何况现在你们又有了孩子，有谁能拿你们怎么办，在自己熟悉的地方生活不好么？"

事情刚开始爆发的时候，钟伊宁差点以为这俩男人这辈子要彻底闹掰了，但随着时间的推移，陆延的状态也和最开始有了很大的改变，付熠秋原本就不是一个会心怀芥蒂的人，所以这也就有了今天他们三个人竟然能和和气气平平静静地在同一个场合办理后续事宜的场面。

她也算是松了一口气。

她刚想回答，付熠秋已经直接代劳了："不是介意你，也不是因为别人，T市固然好，但是生活了那么多年，也想换一个环境，现在在那里我们都有了合适又热爱的工作，也有朋友照应。"

说到这，他顿了顿："等孩子出生之后，我们有空会回来的。"

陆延没有再说什么，他深深地看了他们两个一眼，在离开前，冲他们轻轻地挥了挥手。

毫无保留的祝福现在还谈不上，这更像是一个郑重而又显得不那么伤感的告别。

因为今后可能很久都不会再见了。

等陆延上了车离开后，钟伊宁看着他的车绝尘而去，忍不住笑了一下："果然是陆延啊！"

她最开始以为，按照他的自尊心，他可能一辈子都没有办法坦然接受她和付熠秋在一起的事，但是，事实也如她一直认为的那样，陆延是一个爱自己比谁都多的人。他最开始确实是不甘心的，但这份不甘心很快就会被另一种形式的释然所替代。

这份释然，既是对他们曾经婚姻关系的释然，也是对他自己的释然。

他最爱自己，所以他一定不会让自己落得一个可怜人的下场。

他最后不得不去放下，因为他想要新的开始。

付熠秋搂着她的肩膀，低头轻轻地吻了吻她的额头："走吧。"

去甜品店大快朵颐工后，她拉着付熠秋在新开的商业街四处闲逛。

他们经过一家精品婚纱店的时候，她细心地注意到他的目光在橱窗上停留的时间多了那么一小会儿，虽然他嘴上什么都没有说，但她立刻就明白了他心里在想什么。

在他刚要往前走的时候，她握住他的手轻轻摇了摇。

他回过头："怎么了？"

她指了指那家精品婚纱店，笑吟吟地望着他："我想进去看看。"

付熠秋的眸光轻轻闪烁了两秒，继而软得一塌糊涂："好。"

他们俩走在哪儿都是一道亮丽的风景线，一进店，店员就热情洋溢地迎了过来，上来就是一连串的彩虹屁。而且钟伊宁人瘦，一点儿都看不出来怀着孕，店员还以为他们俩是新婚夫妇，问他们的婚期是什么时候，付熠秋刚想说话，她就柔声打断了："等孩子出生之后就办。"

付熠秋愣了一下，定定地看着她。

"天呐！"店员也惊了，"您的身材也太好了，我一点儿都看不出来您怀着孕。"

"宝宝现在四个多月了。"

她感觉到了身边人的目光，转头朝他眨了眨眼睛，脸上的笑容更大："走，陪我去试试。"

店员其实知道他们就是路过来看看，也不会在这儿订婚纱，但因为这一对实在是生得养眼，店员也很热心地招待他们，带他们上了楼，把店里有的婚纱存货都拿了出来，任由他们挑着看。

她靠在付熠秋的怀里，点了一条婚纱，然后转过头问他："你觉得怎么样？"

他的目光比之前更柔，低声回道："你选的都好。"

店员把她要的那条婚纱给她拿了过来，到试衣间里帮着她穿上，然后立刻识趣地下楼去了。

钟伊宁调整好裙子，慢慢掀开了试衣间的帘幕。

她选的这条是露肩的婚纱，裙摆绣着繁复的花纹并镶嵌着璀璨的钻石，胸前聚拢的设计将她整个人衬得极美，而且她身材匀称、肤色白皙，将婚纱的效果展现得更为惊艳。

付熠秋在看到她出来的那一刻，罕见地目光都凝滞了。

他近乎是贪婪地看着她，想要将她此时的模样深深地刻进自己的脑海里。

整个二楼此刻只有他们两个人，他不说话，就显得整个空间更为安静，钟伊宁被他盯得脸都发烫了，朝他又走近了几步："怎么样？"

他深深地呼吸了一口气，嗓子都跟着哑了："非常好看。"

这让他想起了当时他参加她和陆延婚礼的时候，他在台下看着台上穿着白纱的她，觉得自己的整颗心脏都被掏空了。

没有人知道他有多么想拥抱住那个穿着婚纱的她。

但他不可以，他只能眼睁睁地看着她成为别人的新娘。

而今天，她终于穿着白纱，只为他一人所看。

这让他都舍不得去靠近，他生怕这只是他的梦，一旦他靠近一些，眼前的场景就会立刻消散。

她听到这话，开心得在原地轻轻地转了一圈，展示给他看整条婚纱："我最喜欢这样设计的婚纱了，这个是新款，我一直都很想穿一次的。"

站定之后，她想了想，又有些不好意思地开了口，因为紧张，她甚至有点语无伦次："真的好看吗？前面店员问我们婚期，我也没有问过你想不想办婚礼就直接说了生完孩子之后办，其实我也不是想铺张地办，我只是想穿着婚纱和你在教堂里被挚友祝福的那个仪式就够了。我也知道我已经不是小姑娘了，都已经是孩子妈妈了，如果你不想办，我……"

付熠秋这时终于上前了一步。

他小心地将她的裙摆整理好，然后在她的跟前，轻轻地弯曲了膝盖。

他对着她单膝跪地。

钟伊宁怔住了，张了张嘴看着他。

他微垂下头，额发因为低头的缘故虚虚半遮住了他的眉眼，但这并没有妨碍他浑身上下散发出来的温柔。他牵起了她的手，贴在自己的唇边，轻轻地吻了上去。

然后，她听到他说："在我的心里，无论过去、现在还是未来，不会有人比你更好，也不会有人比你更美。"

他抬起头，认真地仰视着她。

"你并不知道，我做梦都想看到你穿婚纱的样子，做梦都想牵着穿着婚纱的你走进教堂里，我也希望我们的朋友能够见证你最美的样子，见证我们的婚礼。我其实很早之前就有想过问你要不要办婚礼，但是我怕你不愿意，也怕办婚礼是你不喜欢或者不愿意再做的事情，怕你对婚礼这件事存在抵触的情绪……"

她听得眼睛一下子就红了，立刻低声打断了他："没有抵触。"

她吸了吸鼻子，告诉他："付熠秋，这个世界上的每一件事，无论我做过或者没做过，只要是和你一起去完成的，对我来说就都是第一次，都是我所期盼的，都是我所发自内心热爱的。"

她的确曾经有过一段失败的婚姻，她也曾经不相信爱情，但是因为遇到了他，她开始相信她所有以前不相信的事，愿意去做所有她以前不愿意做的事，也愿意将她做过的事再去做一遍。

她想穿着婚纱被他牵着走进教堂，她想在婚礼上和自己此生最爱的人郑重地交换誓言。

"我很想和你有一场属于我们俩的婚礼，我很想穿着婚纱被你拥抱，我很想做你的新娘。"

钟伊宁的眼眶已经彻底湿了："我还担心你不愿意，担心这件事对你来说存在阴影。"

"怎么可能呢?"

他笑了，漂亮的眼睛底下也有一丝淡淡的红："我可是抱着想让你在婚礼上夸你先生是世界上最帅气新郎的念想的，你要是不帮我实现，我以后就一直盯着你说，说到你愿意办婚礼为止。"

她也破涕为笑。

他握着她的手，柔声告诉她："等回去之后，咱们先领证，然后就抽空去看你喜欢的场地还有戒指婚纱，其他的事情你不用管，我都会安排好的，你只管安安心心地养身体，等生完孩子，咱们就办。"

"好。"

"你想要的，你喜欢的，所有的我都会尽力帮你去实现，给你最好的。"

"好。"

他们都笑着看着彼此，眼睛里闪烁着点点的光。

有爱的人眼里有光，而光可以使整个世界都变亮。

付熠秋从地上站了起来，他轻轻地拥抱了她，低头亲吻了一下她的嘴唇。

"你在我的心里，一辈子都会像我第一次见到你的时候那样，你的每一个时刻，都是最珍贵最美好的。"

她忍不住，轻轻地拍了一下他的肩膀："你可真是无药可救了。"

他弯着嘴角："嗯，是，我知道。"

"因为你是我的梦想，所以你永远美好。"

这个世界上一定会有这样一个人。

他会热爱你的全部，尊重你的全部，会将你永远放在心中最妥帖的地方。

他教会你爱，教会你去看这世界上更美好的一面。

我们不知道未来的每一天会发生什么，但我们知道我们一定会走到永远。

路很长，月很亮，爱你直到地老又天荒。

（完）

POSTSCRIPT

后记

后记

《千夜一夜》的灵感来自于一千零一夜。

寓意这个世界上有一千零一种不同的爱情,但每一种都是美好的模样。

长篇写得多了,就想试试看写短篇故事,将立体的人物和完整的故事线浓缩在一个不那么长的篇幅里,但爆发出来的情感也与长篇一样浓稠。

八个完全不同的故事:又飒又酷的"伪学渣"傅昼、温柔的机长井燃、强势专一的兵哥哥南骁、忠诚木楞的女王之手沈亦玺、花蝴蝶少爷罗景渠、高冷优秀的邱亦扬、活力张扬的郑雨昇、温柔深情的医生付熠秋……每一个故事想要呈现给你们的都是最甜美的爱情。

写文八年,我塑造过许多不一样的主角,但我的初心始终未变——想要给我最爱的你们看到这个世界上最美好的一面,给每一个可爱的女孩子都创造一个美好的梦境。

我期盼你们都能遇到最美好的爱情,也都能拥有一双发现美好的眼睛。

而我会继续为你们书写一千零一种爱情。

我们下一个故事,不见不散。

桑玠

2020年7月于上海